U0143950

从零开始学投资系列
中国股民入市首选书
专注中国股市十六年

中国股民入市首选书

专注中国股市十六年

从零开始学投资系列
中国股民入市首选书
专注中国股市十六年

从零开始学投资系列
中国股民入市首选书
专注中国股市十六年

从零开始

学短线炒股

短线入门、选股详解、风险控制之道

杨平 等编著

机械工业出版社
China Machine Press

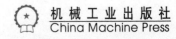

本书共分9章，前2章主要介绍了股票投资的基础知识以及如何参与股票交易，为投资者进入股市开启了入门之路。第3～8章则系统地介绍了如何看盘，如何进行基本面分析，如何通过K线形态、技术指标、量价关系和跟定庄家等方式选股。第9章介绍了股票投资的风险以及常见的防范方法。

本书内容丰富、通俗易懂，涵盖了股票短线投资的所有关键知识，以简单实用为出发点，并结合大量的实例进行讲解，使读者能够轻松地掌握股票投资的精髓。本书以提问的方式进行编排，便于读者就自己最关心和最想了解的问题，从书中快速找到解决方法。

本书不仅适合参与股票投资的新手使用，也适合有一定经验的投资者参考阅读。

图书在版编目（CIP）数据

从零开始学短线炒股 / 杨平等编著. —北京：机械工业出版社，2011.8
（从零开始学投资）

ISBN 978-7-111-35388-1

Ⅰ.从… Ⅱ.杨… Ⅲ.股票交易－基本知识 Ⅳ.F830.91

中国版本图书馆CIP数据核字（2011）第138349号

机械工业出版社（北京市西城区百万庄大街22号　邮政编码　100037）
责任编辑：陈佳媛
中国电影出版社印刷厂印刷
2012年1月第1版第1次印刷
170mm×242mm · 14.75印张
标准书号：ISBN 978-7-111-35388-1
定价：38.00元

凡购本书，如有缺页、倒页、脱页，由本社发行部调换
客服热线：（010）88378991；88361066
购书热线：（010）68326294；88379649；68995259
投稿热线：（010）88379604
读者信箱：hzjsj@hzbook.com

前　言

投资的成功是建立在已有的知识和经验基础上的!

——罗伊·纽伯格

在股市投资中，把握买进和卖出的时机比买卖何种股票更重要!

——米瑟拉·雷克莱

本书将对以下核心问题做出精彩解答：

❑ 如何快速掌握股票投资的基本知识？

❑ 如何分析并预测股价的后期走势？

❑ 如何准确把握股票买卖点？

❑ 如何有效地防范股票投资的风险？

　　股海波澜壮阔、变幻莫测，股票市场瞬息万变、涨跌无常，股市投资是一门学问，也是一种技能，大部分中小投资者由于缺乏正确的炒股知识和经验，往往重复犯一些低级的错误，导致资金亏损累累。而能够在市场中抓住机会、为自己赢得丰厚利润的人往往是那些重视学习和勤于思考的投资者。

　　善于学习的投资者不仅要了解股票的相关基础知识，明确市场中最基本的投资策略，还要掌握K线图、技术指标、量价关系等技术分析手段，并且要理论紧密联系实际，对投资策略与技术理论从根本上加以理解，通过不断地摸索实践，建立起适合自己的投资习惯。只有这样，才能在实际操作中得心应手，才能在日新月异的市场中获得长期稳定的收益。

本书内容

　　本书主要介绍了投资者进行股票短线投资必须了解的相关知识和分析技巧，以提问的方式设置了股民最关心和最想了解的问题，并通过大量的实例进行了分析和介绍，具有很强的实用性。全书共分9章，循序渐进地介绍了股票投资的基础知识、如何参与股票交易、如何看盘，如何进行基本面分析，如何通过K线形态、技术指标、量价关系和跟定庄家等方式选股。另外，还介绍了基金投资的技巧和方法、股票投资的风险以及常见防范方法。

本书内容丰富、通俗易懂，几乎涵盖了股票投资的所有关键知识，不仅适合参与股票投资的新手使用，也适合有一定经验的投资者参考阅读。

本书特点

本书主要有几下几个特点：

❑ 快速入门：本书前面2章的内容，可以帮助新入市的股民快速掌握必备的股市基础知识。

❑ 实用性强：本书包括很多实用性的知识，例如：如何根据K线形态、技术指标、量价关系和跟定庄家等技术指标选股，这些内容绝非空洞的理论，而是操作性极强的实用知识。

❑ 案例经典：本书将理论知识与经典案例相结合，力图使读者理解炒股理论和选股技巧的具体应用。

❑ 语言平实：本书用语简练，避免艰深晦涩的语言和理论，力图让每一个读者都能很清晰地明白每句话的含义。

读者对象

❑ 新入市的股票投资者

❑ 有一定股市经验的投资者

❑ 电脑炒股培训班学员

由于股票市场的变化非常大，牵涉的相关知识也非常多，尽管编者竭尽全力，尽量减少书中的错误，但百密一疏，书中难免有疏漏之处，敬请广大读者朋友批评指正，并多多提出宝贵意见。

本书作者

本书由杨平主笔编写，其他参与编写和资料整理的人员有高会东、王建超、邓薇、黄丽莉、杏晓宁、汪洋、白广元、蔡念光、陈辉、冯彬、刘长江、刘明、沙金、张士强、张洪福、多召英、贾旭、李宽、江宽、陈科、方成林、班晓娟、方中纯、刘兰军、郑雪峰。

编　者
2011年7月

目　　录

第 1 章

短线炒股必备的基础知识

进入21世纪，中国股市迅速发展，并且更加完善。股票投资已成为许多人的理财手段。与在银行存款及购买债券相比，股票投资者在迅速获得较高收益的同时，也承担着较大的风险。因此，投资者只有采用正确的投资方法，才能有效地规避股市风险，分享收益。在进入股市之前，了解和掌握股票投资的相关基础知识是必不可少的一个环节。

短线炒股可以有效地化解时间延长带来的不确定性。另外，相对于中长线炒股，短线炒股还可以提高资金的周转率。但相应地，短线炒股对趋势分析研判的能力要求较高，而且需要投入更多的时间和精力。短线炒股是一个较为笼统的概念，持股时间短的股票操作即可称为短线炒股。

认识短线炒股

短线从时间上来讲，常常指1周到3个月的时间周期。国内采用的是T+1的交易政策，因此有些人会采用尾盘买入第二天高点卖出的博超级短线的方式。

短线投资者是以赚取短期差价为目的的，因此短线炒股中技术分析往往比基本面分析更重要。投资者进行短线操作的目的往往是为了获取一个波段性上涨的收益，这时候通过技术分析来识别买卖点尤其重要。在设定的周期内没有赚到差价或发生重大变故时，需要及时止损；没有达到设定周期但股价走势低于预判时，需要及时止盈。短线操作需要快进快出，买股时需要谨慎，卖股时一旦看准，则需要果断卖出。

与中线炒股、长线炒股相比，短线炒股有其自身的优点和缺点。

首先来看优点。相对于中线炒股和长线炒股，短线炒股的特点决定了投资者操作时机受大盘风险的限制要少得多。短线投资者在任何的市场状态下都可以介入短线操作，熊市中也可以获得赚钱机会；而中线、长线炒股则对系统面、大盘走势的研判要求较高，熊市中不建议中长线持股。

短线炒股的另外一个优点在于可以跟庄赚钱。短线炒股快进快出，操作灵活，可以在庄家的拉升过程中获取波段性的收益，会避免庄家震仓甚至洗仓的折磨。频繁操作也可以为投资者带来利滚利的机会。

短线炒股的缺点也是相当明显的。

1）由于国内采用的是T+1的交易制度，即当天买入的股票在第二个交易日才可卖出，当天不能卖出。因此，当日买入的股票无法回避当天下跌带来的风险。但这并非意味着只有在尾盘买入股票才是合理的。买入股票的时机需要具体情况具体分析，下面的章节对不同情况的短线买入时机会有详细的描述。

2）股票短线波动的随机性很大，受到大盘、个股、庄家策略、消息变化等各方面的影响。同时，从分析指标的角度来讲，分析指标采取的分析周期越长越稳定，越短则可靠性越差。这些因素都为投资者进行短线分析带来很大的困难，同时也大大降低了短线研判的正确率。

3）短线操作的交易成本较高。由于短线交易频繁，操作时的手续费、印花税等花费要远远超过中、长线。如果投资者短线交易获取的利润较低，很容易导致获取的利润微薄甚至抵消不了券商收取的交易费用，变成"为券商打工"的状态。

从对短线炒股的上述分析可以看出，短线炒股更适合经验丰富、技术分析能力强的投资者。另外，由于短线分析中每日都必须盯盘，这种操作手法更适合时间充裕的投资者。

从行情与操作周期上来讲，本书建议投资者在行情不明或熊市时考虑短线操作；而在牛市时还是建议以中线炒股，甚至长线炒股为主。当然，技术分析能力极强的投资者即便在牛市中也可以通过利滚利获取更多的利益，不过这种境界很难达到。

短线炒股的4大原则

短线炒股相对于普通股票操作有其特性，投资者在制定操作策略时，需要遵循几个个性鲜明的原则。

1. 永远要把资金的安全放在第一位

资金的安全就意味着永远有机会，若资金被套了，则即便发现好的机会也不见得能弥补割肉带来的损失。事实上，股市中短线机会是非常多的，无论是在什么行情中。

为了保障资金的安全，投资者在短线操作中尽量不要选下跌趋势、震荡盘整趋势、买方动能小于卖方动能、上涨幅度过高导致超买或有退市风险等情况的股票。这些类型的股票或许满足某个上涨的因素，也可能带来一定程度的反弹或上涨，但风险太大，不满足资金安全的原则。

注重资金安全原则的投资者，应该关注的是动能充足、业绩优良或处于快速上涨初期阶段的股票，甚至是处于中长期上升趋势中的股票。这些股票的上涨趋势强劲，起码可以保证投资者不损失本金。

当然，处于下跌趋势中的股票并非不可操作，但需要更精准的分析研判。在下面的章节中会讲述不同的短线分析手段，在此不做赘述。

2. 需要学会观望和快进快出

与中长线炒股以持仓为主不同，短线操作更多的时间可能是处于空仓观望状态。不成熟的投资者是不适合进行短线操作的，短线操作由于常常需要盯盘，容易给投资者带来强迫症，即往往会过于频繁的操作，无法控制每天都操作甚至一天操作几次。这种行为是不可取的。

短线操作中首先要学会持币观望机会，直到出现合适的买入时机再出手。不要盲目地介入股票，也不建议提前介入而降低资金的使用效率。在发现股票出现买入时机时，经过谨慎分析，之后果断买入。当行情发现变化时迅速出局，落袋为安。这一点与中长线操作原则也不相同，中长线操作讲究的是提前布局，而短线炒股不建议采用这种方法。

短线炒股中有一个说法，叫"不要头，不要尾，吃鱼就吃胖腰身"。就是说，在短线炒股中，要避免抄底和逃顶的想法，赚取上升波段中的利润足矣。抄底意味着一定程度的风险，因为底部的形成和构筑往往需要一定的时间，在降低资金使用效率的同时也可能发生趋势的变化；而逃顶意味着顶部已经形成，风险很可能快速释放，有被套的可能。

因此，短线炒股中的买入时机应该是上升趋势得到确认之后，而卖出时机则是短期顶部信号发出时，而非顶部信号得到确认之后。

事实上，短线炒股不能因为预期上涨空间大而买入，就是上面提到的"不要头"的诠释。创新低的股票一般诞生不了黑马，或者其反弹的空间可能需要漫长的等待，这是违背短线炒股的原则的。短线炒股选择的买点应该是股票已经脱离低价区并且确认了上涨的趋势之后。

3. 要学会把握庄家的思路并与庄共舞

短线投资者需要跟庄操作，通过对K线图、资金出入数据、技术指标等进行分析，从而判断庄家的操作计划、买卖步骤，最终在庄家拉升的过程中获取利润。

庄家的操作行为在很大程度上能直接影响股价的涨跌，从K线图以及指标上可以得到股价走势的反映，这是逆向对庄家行为进行推理的理论依据。

4. 制定止损止盈目标并严格遵循

短线操作的失误率比中长线要高得多，同时由于操作周期较短，其纠正错误的机会也少得多。当股价走势与预期不符时，要及时止损或止盈，收回资金，等待下次机会。

短线操作中通过加仓来摊平成本往往不是好的方法。因为在股价走势短期内不变化的情况下，加仓往往意味着偏离既定的目标周期，导致短线操作变成中线行为。这样不但违背了短线操作的初始策略，也浪费了其他的操作机会。

短线操作中要避免贪念。不甘心止损或不舍得止盈都属于贪念的范畴。理性分析，果断买卖，要严格遵守自己设定的止损或止盈目标。当然，当由于突发事件导致股价动能进一步加强时，可以进一步调整目标价位。比如当有利好消息出现时，可以调高目标价位；当突发利空消息导致股价走势偏离预判时，也要降低目标价位。

实际操作中，投资者可以将可动用的资金分成3份。当对股票走势信心充足时，可以投入两份甚至所有资金来操作。当信心并不充足时，可以动用三分之一的资金来操作，从而保证手头有可动用的资金来抓住其余的机会。

投资股票的成本和收益

投资是将金钱或资产投放于一类工具上，希望能给自己带来财富增值。股票投资是企业或个人用货币购买股票，从而获得相关收益的行为。

股票投资的成本由"机会成本"与"直接成本"两部分构成：

- ❏ 机会成本。投资者选择股票投资的同时也就放弃了从另外投资中获得收益的机会，这种有得有失的唯一选择，就是股票投资的机会成本。
- ❏ 直接成本。股票投资由股票的价格、交易费用、税金和取得市场信息所花费的开支4部分构成，这些花费便是直接成本。其中交易费用指投资者在股票交易中交纳的费用，包括委托买卖佣金、委托手续费、记名证券过户费及实物交割手续费等。

股票的投资收益就是投资者投资股市所得到的报酬，是由"收入收益"和"资本利得"两部分构成：

- ❏ 收入收益：股票投资者以股东的身份，按照其持股的比例，从公司的盈利中分配得到的股息和红利，称之为收入收益。
- ❏ 资本利得：投资者在股票价格的变化中所得到的收益，即将股票用较低的价格价买入，然后高价卖出所得到的差价收益称之为资本利得。

股票与储蓄有什么不同

股票和储蓄存款在形式有一定的相似性，都是货币的所有人将资金交给第三方，相应地有权获取收益。但股票与储蓄存款在实质上存在着根本的差异。

- ❏ 股票与储蓄存款虽然都是建立在信用的基础上，但其性质不同。股票是以资本信用为基础的，是投资者与股份公司之间围绕着投资而形成的一种权利和义务关系。而储蓄存款则是一种银行信用，它所建立的是银行与储户之间的借贷性债权债务关系。存款人实际上是贷款人，他将自己暂时闲置的资金借给银行。

❑ 股票持有人和银行储户的法律地位及权利内容有所不同。股票持有人属于上市公司的股东，有权参与公司的生产经营决策。而储户只不过是银行的债权人，其债权的内容仅仅在于定期收回本金和获取利息，不能参与债务人的经营管理，对其经营状况更是不负任何责任。

❑ 股票和储蓄存款虽然都能够使货币增值，但其收益和风险性大不相同。股票是对上市公司的直接投资，它可根据股份有限公司的经营状况和盈利水平直接获取所追求的收益。这一收益风险性极高。而储蓄存款则仅仅是通过实现货币的储蓄职能来取得收益。这一增值部分是事先约定的、固定的，基本上没有风险，但是金额相对要少得多。

❑ 股票和储蓄存款的存续时间和转让条件不同。股票是无期限的，不管情况如何变化，股东都不能退股从而收回成本，只能将股票进行买卖和转让。而储蓄存款则是有期限的，储蓄存款人根据自己存款的时期，可以收回本金和利息。

什么是股票的价格指数

　　股票指数即股票价格指数，是由证券交易所或金融机构编制的、表明市场总的价格水平变化的、供股民参考的指示数字。它是由具有代表性的一组股票价格进行加权平均计算得到的。股票价格变化无常，投资者要想了解各种股票的价格变化是件相当麻烦的事情。为了解决这一问题，金融服务机构就利用业务知识和熟悉市场的优势，编制出了股票价格指数，以此作为市场价格变动的指标。投资者可以根据指数的升降判断出股票价格的变动趋势，并检验自己的投资效果。

　　1. 股票指数的计算方法

　　一般情况下，编制股票指数都是以某年某月为基础，用这个基期的股票价格作为100，将以后各个时期的股票价格和基期价格进行比较，然后计算出升降的百分比，就是该时期的股票指数。

　　计算股票指数通常需要考虑三个因素：

　　1）抽样，即在众多股票中抽取少数具有代表性的成份股。由于上市股票种类繁多，计算全部上市股票的价格平均数或指数的工作是太过于艰巨，因此需要从上市股票中选择若干种富有代表性的样本股票，并计算这些样本股票的价格平均数或指数，用以表示整个市场的股票价格总趋势及涨跌幅度。

　　2）加权，按单价或总值加权平均，或不加权平均

　　3）计算程序，计算算术平均数、几何平均数，或兼顾价格与总值。

2. 几种常用的股票指数

我国主要的股票价格指数有上证指数、深圳成指、上证180指数、上证50指数和沪深300指数等。它们作为国内股市的重要经济指标，集中反映了股市行情和国内经济景气情况，投资者常把它们作为投资的指南。下面对它们进行简单的介绍。

（1）上证指数

上证指数，即上海证券综合指数，是由上海证券交易所在1990年12月19日正式开始发布的股票指数。它以上海证券交易所挂牌上市的全部股票为样本，该股票指数以上市公司的总股本为权数，能够很好地反映上海证券交易市场的总体走势。而且，上海证券交易所股票指数的发布几乎是与股票行情的变化是同步的，因此，它是广大投资者研判股票价格变化趋势必不可少的参考依据。如果新股上市、退市或上市公司扩股的时候，采用"除数修正法"修正原固定除数，以保证指数的连续性。上海证券交易所于2007年1月规定，新股在其上市的第11个交易日开始计入上证综指。

如图1-1所示为2011年4月15日收盘时上证指数的情况，当时该指数的值为3050.53点。

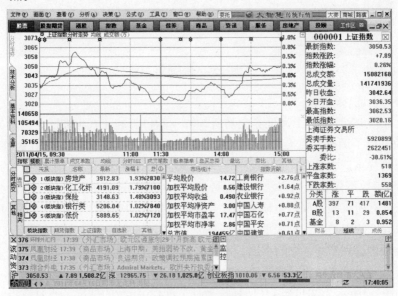

图1-1　上证指数

（2）深圳成分股指数

深证成分股指数简称深证成指，是深圳证券交易所编制的一种成分股指数，

是从上市的所有股票中抽取具有市场代表性的40家上市公司的股票作为成分股，然后以成分股的可流通股数为权数，采用加权平均法编制而成。它与深圳股市的行情同步发布，是广大投资者研判深圳股市股票价格变化趋势的重要参考依据。

如图1-2所示为2011年4月15日收盘时深圳成分股指数的情况，当时该指数的值为12 965.75点。

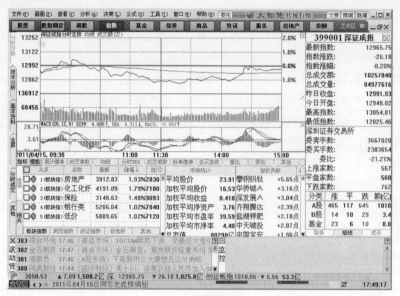

图1-2　深圳成指

（3）上证180指数

上证180指数是由上海证券交易所2002年7月1日起正式发布的，是对原上证30指数进行了调整并更名而成的，从所有A股股票中抽取最具市场代表性的180种股票为样本。入选的个股均是一些规模大、流动性好、行业代表性强的股票。上证180指数不仅在编制方法上具有科学性，在成分选择的代表性上和成分的公开性上都有所突破，同时也恢复和提升了成分指数的市场代表性，从而能更全面地反映股价的走势。统计表明，上证180指数的流通市值是沪市流通市值的50%，成交金额也达到47%。它的推出，不仅有利于推进指数化投资，还引导投资者理性投资，并促进市场对"蓝筹股"的关注。

如图1-3所示为2011年4月15日收盘时上证180指数的情况，当时该指数的值为7113.25点。

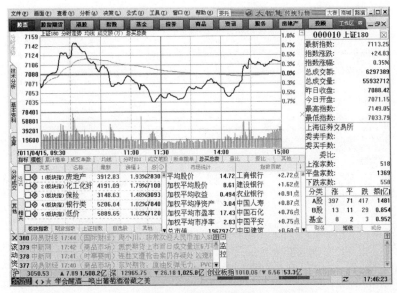

图1-3 上证180指数

（4）上证50指数

上证50指数是上海证券交易所2004年1月2日正式发布的，其基日是2003年12月31日，基点是1000点。上证50指数是挑选上海证券市场上规模大、流动性好的、最具代表性的50只股票组成样本股，以综合反映上海证券市场最具市场影响力的一批优质大盘企业的整体状况。根据样本的稳定性和动态跟踪相结合的原则，每过半年就调整一次样本股，其调整的时间与上证180指数是一致的。特殊情况下也有可能会对样本进行临时调整。但是，每次调整比例一般不超过10%，并在样本调整的时候设置缓冲区，将排名在40名以内的新样本优先进入，排名在60名以内的老样本优先保留。

如图1-4所示为2011年4月15日收盘时上证50指数的情况，当时该指数的值为2201.09点。

（5）沪深300指数

沪深300指数是沪深证券交易所2005年4月8日联合发布的，是从上海和深圳证券市场中选取300只A股作为样本编制而成的成份股指数，覆盖了沪深市场70%左右的市值，具有比较好的市场代表性和可投资性。沪深300指数是沪深证券交易所第一次联合发布的反映A股市场整体走势的指数。它的推出，丰富了市场现有的指数体系，增加了一项用于观察市场走势的指标，有利于投资者全面把握市场运行状况，也为指数投资产品的创新和发展提供了基础条件。

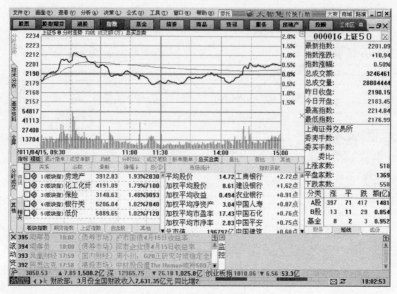

图1-4　上证50指数

如图1-5所示为2011年4月15日收盘时沪深300指数的情况，当时该指数的值为3358.94点。

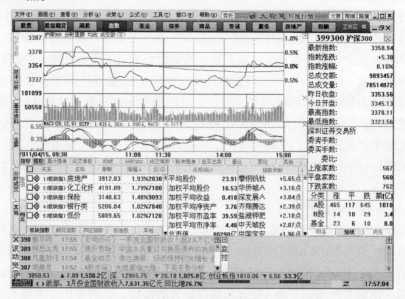

图1-5　沪深300指数

什么是配股、分红、除权、除息

配股是股票发行的形式之一，是上市公司根据发展的需要，按照有关的规定和程序，向原股东发行新股、筹集资金的行为。一般来说，企业现有股东对新发行的股票具有优先取舍权，公司配股时新股的认购权首先要按照原有的股权比例在原股东之间分配。配股的特点就是新股的价格是按照发行公告发布时的股票市价，并且通常还要作一定的折价处理来确定的。正常情况下，新股发行的价格按发行配股公告时的价格折价10%~25%。

配股通常可以分为有偿配股与无偿配股两种。

❑ 有偿配股：公司办理现金增资，股东按持股比例认购股票。此种配股除权，除的是"新股认购权"。

❑ 无偿配股：公司经营赚了钱，依股东大会决议分配盈余称无偿配股。盈余分配有配息和配股两种方法。配息是依股东持股比例无偿领取现金，称为除息。配股则是股东按照持股比例领取股票，不需付款认购。此种配股除权，除的则是"盈余分配权"。

分红是指上市公司对股东投资的回报，包括股息和红利两部分，其中股息是股东定期按一定的比率从上市公司分取的盈利；红利是上市公司在分派股息后按照股东持股比例进行分配的剩余利润。获取股息和红利是股民投资股票的基本目的，也是股民的基本经济权利。

除权是指股份公司在给投资者发放股利的时候，需要除去交易中股票配股或送股的权利。一般情况下，除权都会造成股价的下跌，投资者不要根据这一点就贸然做出股价处于低位的判断，而应该在复权之后根据股价的走势，做出正确的判断。

除息是指股份公司对投资者以现金股利的形式发放红利。除息之前，股份公司需要事先召开股东会议确定方案、核对股东名册，以便在除息的时候规定某日在册股东名单为准，并公告在此日之后一段时期为停止股东过户期。除息同样会造成股价的下跌，投资者应谨慎判断。除权除息日购入该公司股票的股东则不可以享有本次分红派息或配股。

什么是牛市和熊市

牛市和熊市是用来说明股市行情大好和很差两种情况，"牛"和"熊"在股市中分别代表着股市的"涨"和"跌"。

"牛市"又叫多头市场，是指市场行情普遍看涨，多头力量占绝对优势，并且延续时间较长的大升市。一旦牛市行情确立，它的每次回调都是买入的机会，每次的短期操作都可能是错误的操作，投资者应该逢低进场，不能频繁操作，坚决持股。

例如，2006年初，新一轮的大牛市在人气低迷的情况下来临，在2007年，大盘10个月内连续攻克3000点、3500点、4000点、4500点、5000点、5500点、6000点大关，并在2007年10月16日创下了令无数股民感到震惊的6124点，为历史最高纪录，如图1-6所示。此时，沪、深A股平均市盈率分别高达71.44倍和76.15倍，同样也创下了历史最高纪录。

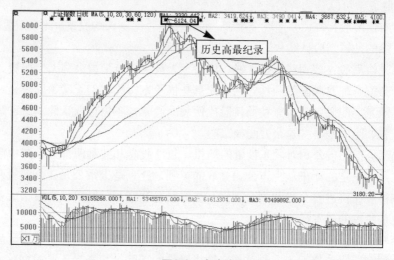

图1-6　大牛市

"熊市"又叫空头市场，是指市场行情普遍看淡，空头力量占绝对的优势，并且延续时间较长的大跌市。一旦整个下降通道确立，每次的反弹都是出货良机；个股的每个利好都可能是主力出货的作为；每次短期操作都可能是正确的决定。投资者要做的应该是逢反弹就卖出，离开市场，等待时机。

例如，2007年疯牛行情结束后，经过一年的对称性、报复性暴跌，大盘便连续跌破5500点、5000点、4500点、4000点、3500点、3000点、2500点、2000点，并在2008年10月28日最低下探至1664点，如图1-7所示。创下自2006年10月24日以来的新低。也就是说，在这一年之内，从牛市最高点到目前最低点，大盘跌幅近70%。

牛市与熊市的最大区别表现在技术形态上。牛市周一必涨，月初必涨；熊市周一必跌，月初必跌。体现在基本面上则是：新股和增发股在牛市被视为最大的利好，在熊市被视为最大的利空。

图1-7　大熊市

什么是手和成交量

手是国际通用的计算股票成交股数的单位。投资者买卖股票时必须是手的整数倍才能办理交易。通常以100股为一手，即购买股票时至少也要购买100股。

成交量是指股票交易成交的数量。通常用成交股数与成交金额两项指标来衡量。目前深沪股市的这两项指标均能显示出来。成交量是买方和卖方供需的一种表现，当买者众多、供不应求时，成交量自然就会放大；反之，当无人购买、市场上冷冷清清、供过于求时，成交量就会随之萎缩。将市场上的人气使用数值来表示便是成交量。广义的成交量包括成交股数、成交金额、换手率；狭义的也是最常用的是仅指成交股数。

俗话说"量在价先"，成交量是判断股票价格走势的一个重要依据。通常情况下，成交量大且价格上涨的股票，整体的走势向好；而成交量持续低迷的股票，非常可能是处于股票整理阶段，投资者最好是进行观望，具体问题具体分析。

什么是委比和量比

委比是衡量某一时段买卖盘相对强度的指标，委比的取值范围是−100%到＋100%，涨停的股票的委比一般是＋100%，如图1-8所示。而跌停是−100%，如图1-9所示。委比为0意思是买入（托单）和卖出（压单）的数量相等，即委买：委卖=5：5。

委比	+100.00%	3077
卖⑤	—	0
卖④	—	0
卖③	—	0
卖②	—	0
卖①	—	0
买①	12.45	3030
买②	12.43	14
买③	12.42	3
买④	12.41	16
买⑤	12.40	14
最新	12.45 开盘	11.32
涨跌	+1.13 最高	12.45
涨幅	+9.98% 最低	11.32
振幅	9.98% 均价	12.30
总手	148,496 量比	4.42
金额	18,262 换手	4.74%
现手	50 市盈(动)	18.07
涨停	12.45 跌停	10.19

图1-8　涨停委比

委比	-100.00%	-1702
卖⑤	7.20	101
卖④	7.19	10
卖③	7.18	177
卖②	7.17	312
卖①	7.16	1102
买①	—	0
买②	—	0
买③	—	0
买④	—	0
买⑤	—	0
最新	7.16 开盘	7.45
涨跌	-0.38 最高	7.68
涨幅	-5.04% 最低	7.16
振幅	6.90% 均价	7.43
总手	101,608 量比	1.11
金额	7,545 换手	3.44%
现手	37 市盈(动)	亏损
涨停	7.92 跌停	7.16
外盘	44039 内盘	57569

图1-9　跌停委比

委比的计算公式为：委比＝（委买手数－委卖手数）/（委买手数＋委卖手数）×100%，其中，委买手数是指现在所有个股委托买入下三档的总数量；委卖手数是指现在所有个股委托卖出上三档的总数量。若"委比"为正值，说明场内买盘较强，且数值越大，买盘就越强劲；反之，若"委比"为负值，则说明市道较弱。委比值从－100%到＋100%的变化是卖盘逐渐减弱、买盘逐渐强劲的一个过程；反之，从＋100%至－100%变化是买盘逐渐减弱、卖盘逐渐增强的一个过程。

量比是衡量相对成交量的指标，是指股市开市后平均每分钟的成交量与过去5个交易日平均每分钟成交量之比。其计算公式为：量比＝现成交总手/（过去5日平均每分钟成交量×当日累计开市时间（分））。当量比大于1时，说明当日每分钟的平均成交量大于过去5日的平均值，数值越大，表明了该股当日流入的资金越多，市场活跃度越高；当量比小于1时，说明该股当日每分钟的平均成交量小于过去5日的平均值，量比值越小，说明了资金的流入越少，市场活跃度越低。

量比是将某只股票在某个时点上的成交量与一段时间内的成交量平均值进行比较得出的指标，它能够排除因股本不同造成的不可比情况，是发现成交量异动的重要分析工具。在看盘软件中，量比就在中间给出的依据买卖盘与成交明细做出的阶段性总结的各项动态资料中，例如，东风汽车的量比为0.61，小于1，其市场活跃度低，如图1-10所示。

图1-10　量比

什么是停盘和崩盘

停盘是股市中的专业术语，就是暂时停止交易的意思，是指由于某种消息或企业的某个活动引起了某只股票的连续上涨或持续下跌，因此，证券交易所暂停该股的交易。需要等情况澄清或企业恢复正常后，再复牌在交易所挂牌交易。如果投资者在停盘之前买入了股票，在停盘期间是无法交易的。

一般来讲，股票停盘的原因有以下几种：1）公司召开例行的股东大会；2）公司的股票有异常波动；3）上市公司突然有重大消息需要宣布；4）公司因业绩问题被宣布停止交易；5）公司参加股改。此外，一些意外的因素也可能会导致上市公司股票的停牌。例如，中国铝业（601600）因召开2011年度第2次临时股东大会，于2011年4月14日停牌一天。包钢股份(600010)于2011年3月25日、28日、29日连续三个交易日收盘价格涨幅偏离值累计达到20%，属于股票交易异常波动，导致停牌。

股票停盘可以分主动和被动两种：

❏ 当股份公司有影响股价的重大举措时，主动申请停盘，待举措公布之日开盘，从而保证市场公平。这种主动性的停盘往往会出现开盘后该股直线拉升并且频频涨停的现象。

❏ 当公司严重亏损、面临破产，会被证券交易所强制停盘。这种被动性的停盘，往往会使投资者长期被套牢。

崩盘是指由于某种利空原因，投资者惊慌失措，在交易市场上将证券大量抛

出，导致证券价格猛烈下跌，并且是无限度的下跌。这种大量抛出的现象也称为卖盘大量涌现。

什么是利空和利多

利空是指能导致股价下跌的因素和信息，如经济衰退，通货膨胀，上市公司经营状况不良，业绩持续恶化，银行利率提高，及其他政治、经济、军事、外交等方面有可能影响股价下跌的信息。这些信息对空方有利，因此，称为利空。利空信息一般情况下能够导致股市价格的下跌，而且，如果有持续不断的利空信息传出，可能会造成股市价格不断下跌，甚至形成"熊市"。

利多又叫利好，是指能够刺激股价上涨的因素和信息，这些信息对多方有利，因此，称之为利多。利多信息大部分来自于上市公司内部，如签订了重大合同，获得重大资金等。

什么是跳空、填空、回档和反弹

跳空是指股价由于受到强烈的利多或利空消息刺激，发生大幅度的向上或向下的跳动。跳空通常出现在股价大变动的开始或结束前。通常表现为当股价受利多影响上涨的时候，交易所当天的开盘价或者最低价高于前一天收盘价两个申报单位以上。当股价下跌时，当天的开盘价或者最高价低于前一天收盘价在两个申报单位以上。或者在一天的交易中，上涨或下跌超过一个申报单位。

填空是指在跳空出现后，填补跳空的价位，也就是一段时间后股价回到跳空前价位，将没有交易的空价位补回来。

回档是指在股价上升的过程中，由于上涨过快而出现暂时回跌的现象。通常情况下，股票的回档幅度要比涨幅小，只是反转回跌到前一次涨幅的三分之一左右时便又恢复原上涨趋势。

反弹是指股价在下跌的行情中，受到多方有力的支撑而暂时回升的现象。通常情况下，股票的反弹幅度要比跌幅小，反弹到前一次跌幅的三分之一左右时，便又恢复原下跌趋势。

什么是多头、空头、买空和卖空

多头是指对股票后市趋势看好，预计股价会看涨，于是买进股票、持币待涨的投资者。

空头是指对股票后期走势不看好，认为股价已上涨到了高点，将会下跌，或在股价下跌的过程中认为还会下跌，择机卖出的投资者。

买空是指投资者预测股价将会上涨，但没有太多的资金进行投资买入大量股票，于是先缴纳部分保证金，通过经纪人向银行融资以买进股票，等到股价上涨到一定价位之后再卖出，从而获取差额收益的一种投机行为。

卖空是指投资者预计股价将要下跌，便通过经纪人借入股票，提前将该股票抛出，然后在发生实际交割前，投资者将卖出的股票再如数补进，如果该股票价格下跌，投资者就可以从中赚取差价。

什么是长多、死多和实多

长多是指长时间做多头的意思。投资者对股市前景看好，买进股票后长期持有，以期股价长期上涨后获取高额收益。

死多是抱定主意做多头的意思。投资者对股市前景看好，买进股票长期持有，并打定主意不赚不卖，宁可放上若干年，也要一直等到股票上涨到理想价位再卖出。

实多是投资者对股价前景看涨，利用资金实力做多头，即使以后股价下跌，也不会将购入的股票出手。

什么是大户、中户和散户

大户是指那些实力雄厚、投资额和交易量非常大、能够左右市场行情、控制股票价格的投资者。如财团、信托公司及其他拥有庞大资本的集团或个人。大户的数量非常有限，其比例大概占股民的5%左右，但其资金实力约占整个股市的2/3以上。一般情况下，有大户照顾的股市在行情看涨的时候上扬的幅度较大；相反，在行情下跌的时候，由于有大户的支持，滑落的幅度则比较小。一旦主力大户撤退，便会出现行情迅猛滑落的情况。因此，了解掌握大户的交易动态，对于研究和判断股价趋势具有相当高的参考价值。

中户指的是投资额较大的投资人。50万元以上的投资者可以享受中、大户待遇，如拥有专用的信息设备、固定的操作场所等。中户的手续费比散户略高。

散户是买卖股票数量很少的小额投资者，其入市的资金一般在几万元。与大户相对，散户的构成主要是在读学生、工薪阶层、自由职业者和退休人员等。散户的人数众多，约占股民总数的90%左右。由于资金有限、人数众多，在股市交易中散户的行为带有明显的不规则性和非理性，其情绪非常容易受到市场行情和气氛的左右，在股市投资中成为机构大户宰割的对象，散户亏损的比例要远远高于大户。

什么是抬拉、盘整、打压和洗盘

抬拉是指用不正常的方法，将股价大幅度抬起。通常是大户在抬拉之后便大幅抛出，以牟取暴利。

盘整是指股价经过一段时间的快速上升或者急剧下降，遭遇阻力或者支撑后，表现出的价格变动幅度较小，比较稳定，最高价与最低价相差不大的情形。

打压是指用不正常的方法，将股价大幅度压低。一般大户在打压之后，便会大量买进以牟取暴利。

洗盘是指庄家为达到炒作目的，在股价上升的途中让低价买进、意志不坚的散户抛出股票，以减轻上档压力，同时让股民的平均价位升高，从而达到牟取暴利的目的。

什么是开盘价、收盘价、最高价和最低价

开盘价又称开市价，是指上午9点半开盘后的第一笔交易价格。如果开盘后30分钟以内仍然没有成交，则以前一日收盘价作为当日的开盘价。

收盘价是指某种证券在证券交易所每天最后一笔交易的成交价格。如当日没有成交，则采用最近一次的成交价作为收盘价。因收盘价是当日行情的标准，又是下一个交易日开盘价依据，可依据其预测行情，所以投资者在做行情分析时，通常采用收盘价作为判断依据。

最高价指某种证券在每个交易日从开市到收市的过程中所产生的最高价格。若某证券当日成交价没有发生变化，最高价就是即时价；若当日该证券停牌，则最高价就是前面的收市价。有时最高价只有一笔，有时候却会出现多笔。

最低价是指当日成交的价格中的最低价。如果在该时期内该种证券的价格没有发生变化，则最低价等于该时期内任意时间点的价格；若在该指定时期内该种证券停牌或没有发生交易，则最低价等于前一交易日收盘价。有时候最低价只有一笔，有时候也会出现多笔。

什么是涨停板、跌停板

涨停板是指股市中当天股价的最高限度。涨停板时候的股价叫涨停板价。涨停板规定，交易价格在一个交易日中的最大波动幅度为前一天收盘价上下百分之几，超过后便停止交易。中国股市规定涨停幅度为10%。通常开市即封涨停的股票，势头较猛，只要涨停板不被打开，第二天仍然有上冲动力；而在尾盘突然拉至涨停的股票，庄家有在第二天出货或骗线的嫌疑，应小心应对。

跌停板是指股票交易当天股价的最低限度，跌停板时候的股价称"跌停板价"。跌停板是交易所规定的股价在一个交易日中相对前一天收盘价的最大跌幅，不得超过此限，否则，自动停止交易。中国当前规定跌停降幅为10%。一般情况，开市即跌停的股票，第二天仍有可能惯性下跌；而在尾盘突然跌停的股票，庄家可能有骗钱的动机，需提高警惕，小心关注。

什么是配股、转配股

配股是上市公司根据公司发展需要，依照相关的法律规定和程序，向原股东进一步发行新股、筹集资金的行为。按照惯例，公司配股时新股的认购权按照原有股权比例在原股东之间分配，即原股东拥有优先认购权。

通常，作为配股发行的新股价格是按照公告发布的时候股票市场价格进行一定的折价处理后得到的，一般低于市场价，主要是为了鼓励原股东出价认购。当然，原股东可自由选择是否参与配股。若选择参与，则必须在上市公司发布配股公告中的配股缴款期内参加配股，若过期不操作，即被认为是放弃配股权利，并且不能再补缴配股款参与配股。通常情况下，交纳配股缴款的期限为5个交易日，特殊情况以上市公司的公告为准。

例如，天威保变在2011年4月7日～2011年4月13日进行配股，配股代码：700550；配股价格：11.94元/股。原股东于缴款期内可通过网上委托、电话委托、营业部现场委托等方式，在股票托管券商处通过上交所交易系统办理配股缴款手续。数量的限额为截止股权登记日持股数乘以配股比例（0.18），可认购数量不足1股的部分按照精确算法原则取整。在配股缴款期内，股东可多次申报，但申报的配股总数不得超过该股东可配数量限额。

转配股是我国股票市场上的特有产物，是指国家股、法人股的持有者放弃配股权，并将配股权有偿转让给其他法人或社会公众，这些被转让认购的新股，就是转配股。转配股又称公股转配股，主要包括上市公司实施配股的过程中，国家股和法人股或因主体缺位或因资金短缺而难以实施配股时，其他法人和个人根据有关制度受让其部分或全部配股权而购买的股票。

什么是基本面分析

基本面是指股票基本情况的汇总。基本面分析是根据销售额、资产、收益、产品或服务、市场和管理等因素对上市公司进行分析。亦指对宏观政治、经济、军事动态的分析，以预测它们对股市的影响。通过对经济运行宏观态势和上市公

司具体情况的分析，可以判断出大盘价位和现行股价是否合理，并能够预测出较长时期的趋势。

1. 宏观经济面分析

股票市场的走势和变化是与国家的经济状况相关联的。宏观经济面主要是指能影响市场中股票价格的因素，包括经济周期、财政状况、金融环境、行业经济地位的变化等。

（1）经济周期

经济周期是由经济运行内在矛盾引发的经济波动，是不以人的意志为转移的客观规律。受经济状况的影响，股市会呈现出一种周期性的波动。在经济繁荣时，企业经营状况向好，收益增加，股票价格就会随之上涨；在经济不景气时，企业经营状况堪忧，利润下降，也会导致其股票价格下跌。

（2）财政状况

国家的财政状况如果出现较大的通货膨胀，物价上涨，货币贬值，将会引起市场的恐慌情绪，股价就会随之下跌；反之，如果财政状况较好，经济市场欣欣向荣，股价会随之上涨。

（3）金融环境

当金融环境较为宽松，资金充足，利率下降，股价往往会出现升势；反之，如果国家紧缩银根，资金紧缺，利率上调，股价就非常有可能下跌。

（4）行业地位

行业在国民经济中地位的变更也会影响相关股票的价格，行业地位主要包括该行业的发展前景和发展潜力、上市公司在该行业中所处的位置如何等。

2. 政治因素

政策因素是指足以影响股票价格变动的国内外重大活动以及政府的政策、措施、法令等重大事件，政府的社会经济发展计划、经济政策的变化、新颁布的法令和管理条例等均会影响到股价的变动。例如国际形势、政治事件、外交关系、领导人变更等，都会对股价产生大的、突发性的影响。

3. 利率水平

利率水平对股价的影响是比较明显的，反应也比较迅速。从股票的理论价格公式中就可以反映出利率水平与股价呈反比关系。当利率上升时，会引起以下几个方面的变化，从而导致股价下降；一是造成企业经营成本增加，利润降低；二是会吸引资金储蓄，从而减少股票市场资金量，对股价造成一定影响；三是投资者评估价值所用的折现率上升，股票价值因此会下降。反之利率降低，人们出于保值增值的需要，会将更多的资金投向股市，从而刺激股票价格上涨。

而要把握股价走势，首先要对利率发展趋势进行全面掌握。影响利率的主要因素包括货币供应量、中央银行贴现率、银行存款准备金比率。如果货币供应量增加、银行贴现率降低、银行存款准备金比率下降，就表明中央银行意在放松银根，利率显下降趋势；反之，则表示利率总的趋势在上升。

4. 企业的基本面分析

在基本面分析上，最根本的还要算是公司基本面分析，即影响股票位价高低的主要因素在于企业本身的内在素质，包括财务状况、管理水平、经营情况、技术能力、行业特点、市场大小、发展潜力等。

对一家公司基本面分析最重要的是财务分析。如果只是对数据的解读，三大报表就可以说明问题，但实事上并没有这么简单。上市公司的财务报表上多多少少都会与实际情况有些出入，投资者需要发现并修正过来。例如有些公司为了追求主营业务收入，会把产品或服务的价格降低一些，这样一来，毛利率会变得非常低，会使报表中的"应收账款"一项快速增大。

什么是技术面分析

技术面分析是使用各种分析软件，根据早已设计好的程序，通过分析以往价格和交易量数据，从而预测未来的价格走向。该分析侧重于图表与公式的应用，用来捕获主要和次要的趋势，并通过估测市场周期长短，识别具体的买卖时机。

1. 技术分析的原理

技术分析抛开股票的内在价值，也不考虑影响股市的经济、政治、军事等外部因素。其基本观点是：所有股票的实际供需量及其背后起引导作用的因素，包括每个人的希望、担心、恐惧等，都会集中反映在股票价格和交易量上。投资者之所以要购买某种股票，是因为相信有人将以更高价格向他购买这种股票。投资者并不计算股票的内在价值，而只是要抢在别的用户购买之前买入股票，在别的用户卖出之前卖出股票。

2. 技术分析的基本理论

（1）道琼斯理论

道琼斯理论是技术分析中最古老的理论。该理论认为，价格能够反映出所有现存信息，可供参与者掌握的知识已在标价行为中被折算，就连由不可预知事件引起的货币波动，都会被包含在整体趋势中。

根据道琼斯理论，股票价格运动有三种趋势。基本趋势即股价广泛或全面性上升或下降的变动是最主要的趋势，这种趋势持续时间一般为一年或一年以上，股价升降的总幅度通常要超过20%。第二种趋势是指股价的次级趋势，也称修正趋势。这种趋势与基本趋势的运动方向相反，并对其产生一定的牵制作用。该趋势持续的时间从3周至数月不等，股价升降的总幅度通常是1/3或2/3。第三种趋势是指股价的短期趋势，该趋势持续的时间更短，往往只有几天的时间。

通常情况下，长期投资者关心的是股价的基本趋势，从而能够对多头市场及空头市场作出较为准确的判断。投机者则只对股价的修正趋势感兴趣，更倾向从中快速获取利润。三种趋势中，短期趋势的重要性最小，而且容易受人为操纵，因而不便作为趋势分析的对象。

（2）斐波纳契反驰现象

斐波纳契反驰现象是一种基于自然和人为现象产生的数字比率的反驰现象，主要用于判断价格与其趋势间的反弹或回溯幅度的大小。

（3）艾略特波浪理论

波浪理论是美国证券分析家艾略特发明的一种用来判断股市指数、价格趋势的分析工具。波浪理论认为，市场走势不断重复着一种模式，即每一周期由5个上升浪和3个下跌浪组成。不同规模的趋势可分为9个大类，最长的超大循环波是横跨200年的大周期，而次微波是只覆盖数小时之内的走势。但无论趋势的规模大小，每一周期由8个波浪构成这一点是不变的。因此，投资者可灵活利用这些规律性的波动，预测出股票价格未来的走势，从而做出买卖股票的策略。

（4）K线理论

K线又称阴阳线、红黑线、棒线或蜡烛线，最早起源于日本德川幕府时代的米市交易，经过二百多年的不断发展，被广泛应用于股票交易市场的技术分析中。

K线可以分为年K线、月K线、周K线、日K线和分钟K线等。K线的形成取决于开盘价、最高价、最低价、收盘价4个数据，可分为阳线和阴线两类。阳线指开盘价低于收盘价的K线，用红色表示；阴线指开盘价高于收盘价的K线，用绿色表示；当开盘价等于收盘价时，K线称为十字星。当K线为阳线时，最高价与收盘价之间的细线部分称上影线，最低价与开盘价之间的细线部分称下影线，开盘价与收盘价之间的柱状称实体。

由于K线包括了4个最基本的数据，从K线的形态可判断出交易时间内的多、空双方情况。单根K线可以直观地反映出单日的价格强弱变化，但不能准确地反映价格在一段时间内的变化。因此，通常利用K线连接后形成的中长期形态对一个时期内的价格变化进行判断。K线的中长期基本形态有：头肩型、双重顶、双重底、圆弧底等。

（5）相反理论

投资者在进行买卖决定时，要全部基于群众的行为，称相反理论。相反理论认为，在股市和期货市场，当大多数人看好的时候，往往就是牛市将要到顶；当所有人都看淡的时候，可能是熊市已经见底。只要投资者与大多数人的意见相反，盈利的机会就会增加。当然，相反理论并非只是简单地与多数人相反，还需要综合考虑那些空头多头比例的趋势，进行动态分析。

3. 技术分析的内容

（1）发现趋势

趋势是股票投资者最好的朋友。找到主导趋势可以帮助投资者有效地把握市场全局导向，特别是当短期的市场波动搅乱市场全局的时候。通过每周和每月的图表分析最容易识别出市场较长期的趋势。一旦发现整体趋势是上升还是下降，投资者就可以在升势中买跌，并且在跌势中卖涨。

（2）支撑和阻力

支撑位通常是所有图表模式（每小时、每周或者每年）中的最低点，而阻力位是图表中的最高点（峰点）。当这些点显示出再现的趋势时，它们即被识别为支撑和阻力。买入/卖出的最佳时机就是在不易被打破的支撑/阻力位附近。一旦支撑/阻力位被打破，它们就会趋向于成为反向障碍。因此，在涨势市场中，被打破的阻力位可能成为对向上趋势的支撑；然而在跌势市场中，一旦支撑位被打破，它就会转变成阻力。

（3）趋势线和通道

趋势线是衡量价格波动方向的依据，由趋势线的方向可以明确看出股价的趋势是上升还是下降，趋势线在识别市场趋势方向方面是非常简单实用的工具。投资者通过趋势线可以对股市走势情况进行分析。

趋势线是在图形上每一个波浪顶部最高点之间或每一个谷底最低点之间的直切线。在上升趋势中，将两个低点连成一条直线，就可以得到上升趋势线，上升趋势线用于识别支撑线，直线的延伸能够帮助投资者判断市场将沿以运动的路径，如图1-11所示。在下降趋势中，将两个高点连成一条直线，就能够得到下降趋势线，向下趋势线用于识别阻力线，通过连接两点或更多点绘成，如图1-12所示。交易线条的易变性在一定程度上与连接点的数量有关。

通道被定义为与相应向下趋势线平行的向上趋势线。两条线可表示价格向上、向下或者水平的走廊。支持趋势线连接点的通道的常见属性应位于其反向线条的两连接点之间。

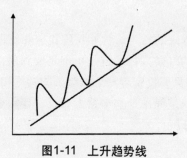

图1-11　上升趋势线

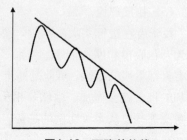

图1-12　下降趋势线

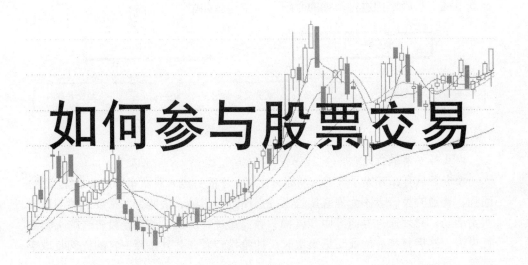

第2章

如何参与股票交易

在了解了股票的基础知识之后，就可以去证券营业厅开通股票账户，参与股票交易了。下面将为大家详细讲述开通股票账户的方法以及如何实现委托交易与网上交易的过程。对于新股民来讲，由于对股市了解不够且经验不足，往往容易出现投资失误的情况，因此，还需要掌握一些相关的投资技巧，才能逐渐适应股票买卖这一风险较大的投资活动。

炒股的一般流程是什么

目前，随着网络的普及，利用网络进行股票交易已经成为一种最常见的交易方式。因此，对于股票投资者来讲，首先应对网上炒股的一般流程进行了解。下面就以网上炒股为例进行详细的介绍，其流程图如图2-1所示。

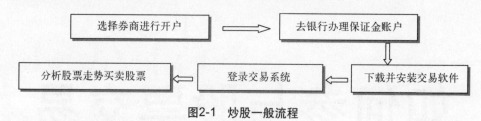

图2-1　炒股一般流程

1. 选择券商进行开户

投资者只有在开设了股票交易账户之后，才能够进入股票市场从事股票交易。而且，普通的投资者不允许直接进入证交所进行交易，因此，如果要想参与股市买卖活动，必须通过券商等中介机构，券商通过计算机系统接受投资者的买卖委托申请，然后将相应的成交结果实时反馈给投资者，并且按照一定的比例收取手续费。

国内比较有名的券商主要有国泰君安、信泰证券等。投资者在选择券商时，要充分考虑券商的服务情况，例如其计算机网络系统的传输速度、信用情况、手续费收费情况等，可以通过多家比较，从中选择性价比较高的券商。

一旦选定券商之后，就需要到相应的证券营业厅去办理相关的开户手续。开户时，投资者需要提供本人的有效身份证及其复印件，如果有委托代理的，委托代理人也必须提供身份证及复印件。然后填写开户资料并和证券营业部签订《证券买卖委托合同》或者《证券委托交易协议书》，同时签订有关《指定交易协议书》，一般情况下，其柜台营业员会帮助办理相关事宜。

2. 去银行办理保证金账户

完成了券商的开户程序之后，投资者还需去相应的银行网点开设一个保证金账户。保证金账户是投资者买卖证券的资金户头。同时，投资者还要有该银行的资金账户，银行资金账户和证券保证金账户是一一对应的，并且需要在银行柜台办理一种"证券银行保证金与银行账户"之间的划转业务，当投资者买入股票时，首先要将资金账户的钱转到保证金账户中，才能委托购买股票，同样的道理，如果投资者想要将股票卖出，取出自己的资金，必须将保证金账户的钱转入资金账户，才能够提取。

3.下载并安装交易软件

网上交易所使用的软件一般都可以在交易网站上下载到。主要有两种版本，一种是直接在浏览器中进行操作，适用于因网络安全限制而不能使用客户端软件的用户，但需要先下载安装SSL安全代理程序。另一种是客户端软件的操作，提供完善的行情分析及下单功能，适合于家庭或者在相对固定场所进行股票交易的客户，一般下载安装后即可使用。

4.登录交易系统

下载并安装好股票交易软件后，只要保证网络通畅，启动网上交易系统后，输入相关的用户信息进行登录。登录后用户由离线状态变为在线状态，即可查看股市行情。

5.分析股票走势买卖股票

投资者可以利用交易系统对股票的走势进行分析，当做出股票买卖的决定后，就可以按照股票买卖委托的内容要求，委托券商进行相应的交易操作。

委托买卖股票后，一般会有成交、部分成交和不成交3种结果。这是因为股票的买卖遵循价格优先和时间优先的原则，即买入时谁输入的买价高，谁就先成交；卖出时谁输入的价格低，谁就先成交。在出价相同的情况下，实行先委托先成交的原则。

沪深两市有哪些基本的交易规则

开通自己的股票账户之后，投资者不可以贸然进行股票买卖，还需要仔细地阅读沪深两市的基本交易规则。只有在遵守这些规则的前提下方可顺利地进行股票交易。

1.交易规则

沪深两市的交易规则遵循价格优先、时间优先的原则。

2.交易品种

沪深两市的交易品种主要有A股、B股、国债现货、企业债券、国债回购以及基金等。

3.成交顺序

由于买卖股票的人员较多，很多人会同时或者几乎同时发出自己的交易请求，此时就需要有一个固定的交易顺序，以便于证券商比较公正地处理各个股民的委托交易。

一般情况下，沪深两市的成交顺序为：

1）较高买进委托优先于较低买进委托。

2）较低卖出委托优先于较高卖出委托。

3）同价位委托，按委托顺序成交。

4.价格变化档位

深市的价格变化档位分别为：A股、债券、基金为0.01元；B股为0.01港元；国债回购为0.01%。

沪市的价格变化档位分别为：A股、债券、基金为0.01元；B股为0.002美元。

5.委托买卖单位

在委托买卖时，A股和B股的委托买卖单位为"股"，基金的委托买卖单位为"基金单位"，债券和可转换债券的委托买卖单位为1000元面值或者手。

但是为了提高股票交易系统的工作效率，在买卖股票时必须以100股及其整数倍进行委托买卖。其中沪市的B股为1000股。在委托买卖时，不可以委托买进零股股票。

如果投资者有低于100股或者B股1000股的零散股票需要进行交易，则必须一次性将其委托卖出。

6.委托买卖单位与零股交易

股票的交易申报时间为：每周一至周五，法定公众假期除外。交易申报时间又分为集合竞价时间和正常交易时间。

上海证券交易所在交易申报时间为：9:15~9:25为集合竞价时间，并且9:20~9:25不接受撤单申报。9:30~11:30、13:00~15:00为正常交易时间。

深圳证券交易所的交易申报时间为：9:15~9:25为集合竞价时间，并且9:20~9:25与14:57~15:00不接受撤单申报。9:30~11:30、13:00~15:00为正常交易时间。

其中，两个证券交易所在9:25~9:30只接受申报，不做其他处理。

7.开盘价、收盘价以及涨跌幅限制

开盘价是指个股在当日的第一笔交易的成交价，有时第一笔交易的成交价可能会在集合竞价中产生。

深市的收盘价是由成交的最后3分钟的所有成交价的成交量进行加权平均所

得到的价格。沪市是将当日最后一笔成交价作为收盘价。

涨跌幅限制：证券交易所对交易的A股、B股以及基金类证券实行交易价格涨跌幅限制。证券交易规定，在一个交易日内，除上市首日的证券之外，每只证券的交易幅度不得超过10%。其中，实施特别处理的股票，例如ST股票等，其涨跌幅度限制为5%，超过涨跌限价的委托将视为无效委托。

如何选择炒股软件

在信息化的时代，炒股软件对于股票投资起着越来越大的影响，它可以对海量的交易信息进行快速地处理分析，同时又能保证分析结果的客观公正，已经成为股票投资不可缺少的工具。选择一款好的股票软件是很重要的。目前在市场上的股票软件也很多，基本上可以分为以下几种：

1. 行情接收型股票软件

以同花顺、大智慧为代表，主要用于看行情，是普及型的软件，应用简单，功能相对较少，可以从事简单的技术分析和基本面分析，大多数股民使用的主要是这一类软件。下面对"同花顺"和"大智慧"这两个软件进行简单介绍，使用户对炒股软件有个简单的了解，以便选择更适合自己的炒股软件。

（1）同花顺

"同花顺"是一款功能非常强大的免费网上股票证券交易分析软件，是由国内证券交易方案供应商精心打造的股票证券行情资讯平台。它拥有强大的分析功能，快捷的行情速度，特殊的个性化服务，稳定的投资概念组合，为投资者保驾护航。同花顺软件的工作界面如图2-2所示。

同花顺软件的主要特点如下：

❑ 高速行情，操作快捷：同花顺软件采用全推送行情技术，发布行情的速度非常快，支持盘中即时选股及技术指标、画线等预警，在进行股票切换时，行情也不会出现丝毫的延误。基本面分析简洁、直观。

❑ 专业资讯平台：设有财经视频直播频道，每天24小时为股民提供专家在线盘中点评、财经要闻报道、市场走势分析、专家在线讲座等服务。更有著名的分析师每天指导股民把握市场行情，回避风险，提高收益。

❑ 强大的分析功能：同花顺软件具有机构持股、评星评级、盘中预警、历史回顾、服务器选股、超级盘口、图像叠加、星空图、财务报表分析等强大的分析功能，另外还有股市日记、自选股资讯、邮件通知、风格定制等全新个性化服务。

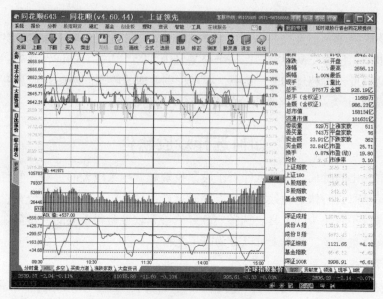

图2-2 同花顺软件的工作界面

❑ 智能选股：同花顺软件提供有简单易用的"智能选股"功能，只需要选中一些筛选的条件，就可以轻松进行选股。还可以通过"选股平台"，利用一些选股条件和技术指标，编制出各种不同的选股条件组合，从而选择自己需要的股票。

❑ 丰富全面的报表分析：同花顺软件提供有"阶段统计"、"强弱分析"、"板块分析"和"指标排行"等多种报表分析功能，可以为投资者在不同的股票、板块、指标之间进行比较的时候提供更丰富的项目和依据。

❑ 安全委托，闪电下单："同花顺"支持全国2400多家营业部、89%以上证券商网上委托，且委托服务操作快捷、简单，根据盘中价位，闪电下单委托，便于抓住理想买卖点，稳操胜券。

❑ 多种金融品种一应俱全：同花顺软件除了能向投资者提供股票行情和分析选股外，还提供有港股、基金、期货、外汇等多个金融品种。

❑ 特色股灵通和小财神：股灵通能让股民与证券投资商在线交流，能搜索在线投资商、经纪人，多方聊天，了解行情。小财神可建立多个真实交易账户和模拟操作账户，有完善的成本核算体系、多视角报表分析、细致的特殊业务处理等，便于投资者进行投资操作或学习探索。

(2) 大智慧

"大智慧"软件全称为"大智慧证券信息平台"，是一套用来进行证券行情显示、分析，并且同时对信息即时接收的免费超级证券信息平台。"大智慧"包括了目前大部分证券投资分析工具的实用功能，集行情分析、趋势分析、技术分析、盘口分析等于一体，并特别融入了强大的大智慧资讯系统。通过大智慧资讯系统，可以警示即时行情、标识信息地雷、描述股票生命历程、综合名家点股等，为证券市场的投资者提供了全方位的信息分析手段。大智慧软件的工作界面如图2-3所示。

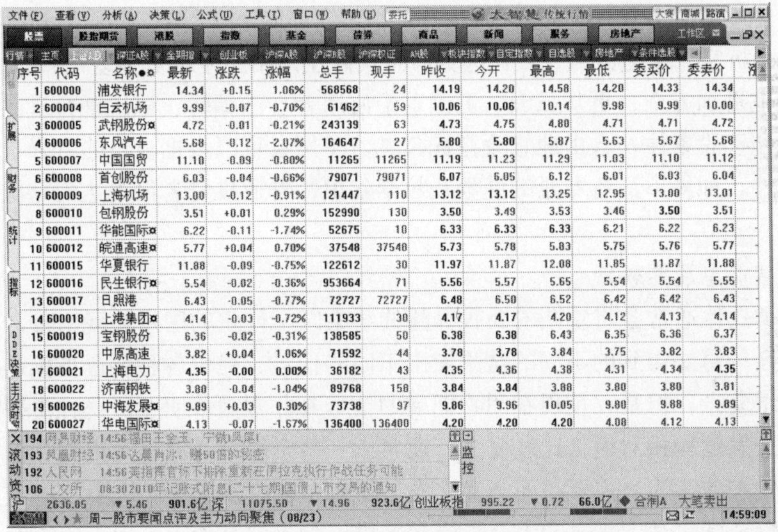

图2-3 大智慧软件的工作界面

大智慧软件作为一款行情分析软件，它具有以下几个功能特点。

❑ 使用简单，操作方便：大智慧软件的操作界面简洁友好、使用方便，且自身不需要进行特别的维护。除了可以使用常规菜单操作外，还有丰富的快捷键功能，便于投资者快速操作。

❑ 功能强大："大智慧"在涵盖主流的分析和选股功能的基础上不断创新，包含其绝密分析技术的散户线、星空图、龙虎看盘等高级分析功能，在证券市场上独树一帜；其股权分置、基金平台模型更是紧扣市场脉搏。

❑ 资讯精专：大智慧由万国测评专业咨询机构提供专门支持，其制作的生命里程、信息地雷、大势研判、行业分析、名家荐股、个股研究等，在证券市场具有广泛的影响力。

❑ 互动交流：大智慧具有和股民交流互动的路演平台，来作客的嘉宾包括基金公司和上市公司人员，大智慧分析师及券商研究机构人员等。另外，"大智慧"的模拟炒股给股民提供了练习技艺和互动交流的场所。

□ 全面深刻："大智慧"软件中综合的功能平台，涵盖了证券市场的各个方面，不仅如此，对于该软件中的某一个方面功能，也是非常准确和深刻的，非常方便用户的使用。

□ 系统稳定：作为网络客户端软件，稳定和快速是非常重要的两个要求。大智慧软件凭借多年的运营经验，在程序的稳定性和数据的接收速度上都发展得相当完善。

2. 分析型股票软件

以分析家、通达信为代表，这类炒股软件在使用上显得更加复杂一些，当然，其功能也更加齐全，更加强大，更侧重于使用者自己编辑、测试平台可以自编技术指标和选股条件，自由地修改指标公式，使用者可以根据自己的喜好自由组合选股条件，如果不具备专业的证券及数学知识，普通投资者很难达到熟练使用的程度。

3. 智能型股票软件

这类软件通常会将复杂的公式算法的结果以个性化的图示表现出来，也就是通过复杂的算法得到的不同的结果发出不同的信号，提供各种特色指标选股，背后算法很复杂，但是，呈现在用户面前的信号却非常简单明了。这种类型的炒股软件的开发过程相对而言比较复杂，通常由一些资深证券分析师根据自己多年的专业经验和独特的公式算法而开发完成，因此大多数属于收费软件。

一般来讲，对于普通的大众投资者来讲，如果资金量不是太大，专业分析能力也不是特别强，使用一般的行情接收型股票软件就可以了，这类软件在网上可以直接下载到，可以免费使用。对于事务繁忙、无暇时时关注股市行情的投资者，如果资金量又够大的话，可以选用智能型股票软件。在选择此类软件的时候，要尽量选择操作简单明了，发出信号及时准确的，最好带专家分析提示消息功能，能和专业的指导老师直接交流的那种股票软件会更加实用。

如何安装证券交易软件

投资者要在网上进行股票交易，首先要安装相应的证券交易软件，例如，国泰君安证券的用户使用国泰君安证券公司提供的交易软件，华泰证券的用户使用华泰证券公司提供的交易软件。下面以华泰证券的同花顺交易系统为例，介绍如何安装证券交易软件。

在安装华泰证券交易系统之前，首先要从华泰证券官方网站中下载其安装程序，将其保存在硬盘中，其具体的安装步骤如下：

1）在IE地址栏中输入http://www.htsc.com.cn网址，即可登录到华泰证券官方网站首页，如图2-4所示。

2）单击首页下方的"软件下载"超链接选项，即可进入"网上交易系统"下载页面，投资者可以根据自己的网络出口类型，选择下载服务器，如图2-5所示。

图2-4　华泰证券的官方网站首页图

图2-5　"网上交易系统"下载页面

3）这里选择下载服务器为"网通下载"选项，即可弹出"新建任务"对话框，然后根据需要选择合适的存储路径，如图2-6所示。

4）单击"立即下载"按钮，将弹出"迅雷"下载页面，可以看到正在下载华泰证券网上交易系统安装程序并显示下载的进度，如图2-7所示。

图2-6　"新建任务"对话框

5）下载完毕后，用户可根据刚才下载时保存的路径，打开保存华泰证券网上交易系统的安装程序文件夹即可，如图2-8所示。

图2-7　"迅雷"下载页面

图2-8　查看保存的安装程序

6）双击其安装程序，将打开"安装"欢迎界面，如图2-9所示。

7）单击"下一步"按钮，即可打开选择安装位置界面，如图2-10所示。在该界面的文本框中输入要安装到的目标位置，或者单击其后的"浏览"按钮，从中选择安装目录。

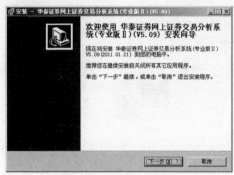

图2-9　欢迎界面

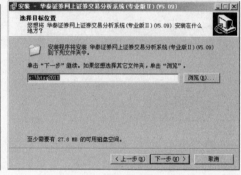

图2-10　选择安装位置

8）单击"下一步"按钮，设置软件的安装文件夹，如图2-11所示。

9）单击"下一步"按钮，选择附加任务，如图2-12所示。

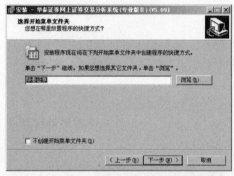

图2-11　选择安装的文件夹

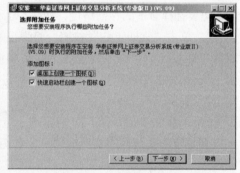

图2-12　选择附加任务

10）单击"下一步"按钮，将弹出"准备安装"对话框，如图2-13所示。

11）单击"安装"按钮，在正在安装界面中将会显示安装进度，如图2-14所示。

（12）当安装完毕之后，将会出现一个提示安装结束的对话框，如图2-15所示。如果选择了"运行华泰证券（专业版）"复选框，单击"完成"按钮，即可打开华泰证券网上证券交易分析系统的登录窗口，如图2-16所示。

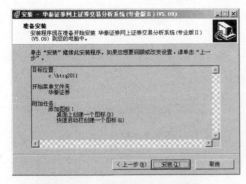

图2-13 "准备安装"对话框

图2-14 显示安装进度

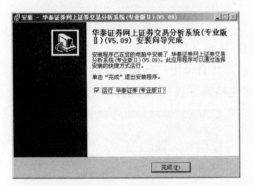

图2-15 安装完毕

图2-16 华泰证券网上交易系统的登录窗口

如何登录网上交易客户端软件

网上交易客户端软件安装完毕后，股民就可以根据自己的账户所在地登录此软件了。登录的方法十分简单，其具体的操作步骤如下：

1）选择"开始"→"程序"→"华泰证券"→"华泰证券（专业版）"菜单项，即可弹出"登录到行情主站"窗口，此时系统会自动地在左侧列表中显示默认的登录服务器地址。

2）如果在左侧列表中没有需要的服务器地址，可增加新的服务器地址。只需要单击"通讯设置"按钮，即可弹出"通讯设置"对话框，如图2-17所示。

3）在"通讯设置"对话框中，单击"更改运营商"按钮，即可弹出"选择网络运营商"对话框，用户可以在此根据实际需求选择一个合适的网络运营商选项。这里选择"中国电信"选项，如图2-18所示。

4）单击"确定"按钮，回到"通讯设置"对话框中，单击"增加"按钮，弹出"行情主站信息"对话框，可以在此对话框中设置新的行情主站信息，如图2-19所示。

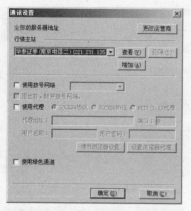

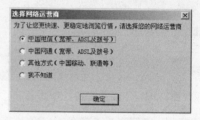

图2-17　"通讯设置"对话框　　　　图2-18　"选择网络运营商"对话框

5）单击"确定"按钮，即可将"电信-郑州（222.88.49.2）"服务器地址添加成功，如图2-20所示。单击"设置"按钮，将会弹出"行情主站信息"对话框，投资者可以在此查看系统当前使用的行情主站的信息并对其进行修改。

图2-19　添加行情主站信息

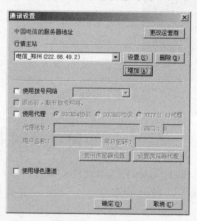

图2-20　添加成功

6）单击"确定"按钮，即可打开"登录到行情主站"窗口，此时系统会自动地在左侧列表中，显示新添加的登录服务器地址，如图2-21所示。

7）单击"登录"按钮，将会弹出"委托认证"对话框，股民输入自己的账号类型、账号、交易密码以及通讯密码即可，如图2-22所示。

8）在输入完毕登录信息之后，单击"确定"按钮，即可连接服务器开始登录此软件了。当连接上指定主站之后，即可进入"华泰同花顺"的行情分析及交易系统，如图2-23所示。其中，上方窗口是行情分析，下方窗口是交易窗口。

图2-21 "登录到行情主站"窗口

图2-22 "委托认证"对话框

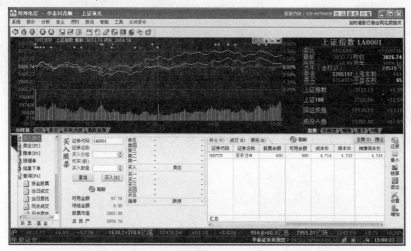

图2-23 "华泰同花顺"交易系统主界面

如何使用证券交易软件

下载并安装好股票交易软件后,启动网上交易系统,输入相关的用户信息进行登录,即可查看股市行情,进行股市交易了。下面仍然以华泰证券网上证券交易分析系统为例,介绍如何使用证券交易软件,其具体操作步骤如下:

1)用鼠标双击桌面上"华泰证券"的快捷方式图标████,打开"华泰证券网上证券交易分析系统"窗口。

2)在"登录"左边的下拉列表中选择使用的网络,然后单击"登录"按钮即可打开"委托认证"对话框,在"账号类型"下拉列表中选择账号类型,在"账号"文本框中输入账号,并在"交易密码"和"通讯密码"文本框中输入交

易密码和通讯密码，如图2-24所示。

3）在输入完登录信息之后，单击"确定"按钮，即可连接服务器开始登录。当连接上指定主站之后，即可进入华泰证券网上证券交易分析系统，如图2-25所示。

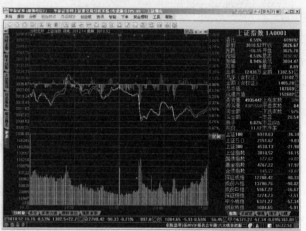

图2-24 登录账号

图2-25 行情分析和交易系统

4）单击交易窗口中的"买入"按钮，即可进入"股票买入"页面，如图2-26所示。

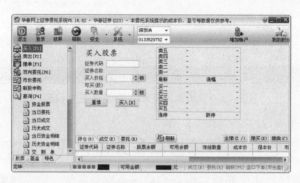

图2-26 买入股票

5）在"证券代码"文本框中输入要购买的证券代码，在下面的"证券名称"文本框中将会自动出现证券名称，且会在页面的右侧出现实时买卖盘供参考，买入价格将会默认为当前"卖一"的价格，接着输入买入的价格及数量。

6）单击"买入"按钮，将会打开一个"交易确认"对话框，如图2-27所示。如果信息无误，单击"确定"按钮，将会返回一个提示信息，内容有股东代码以及合同号，如图2-28所示。

图2-27 "交易确认"对话框

图2-28 "提示"对话框

7）单击交易窗口中的"卖出"按钮，即可进入到"股票卖出"页面，如图2-29所示。

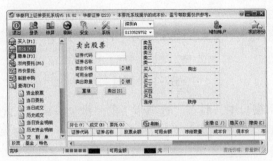

图2-29 卖出股票

8）在"证券代码"文本框中输入要卖出的股票代码，在"证券名称"文本框中将会自动出现证券名称，且会在页面的右侧出现实时买卖盘供参考，卖出价格将会缺省为当前"买一"的价格。接着输入卖出股票的价格及数量。

9）单击"卖出"按钮，后面所出现的提示信息与买入股票时类似，执行相应操作，即可实现该股票的委托卖出。

10）在交易系窗口中"股票"选项卡下的"查询"选区中，单击相应项目即可进行查询，可以对资金股票、当日委托、历史委托、历史成交、当日资金明细、历史资金明细等进行查询。如图2-30是对历史资金明细进行查询的情况。

图2-30 查询历史资金明细

11）在交易系窗口中"股票"选项卡下的"批量下单"选区中，单击"买入"按钮，即可进入到"批量买入"页面，如图2-31所示。其余的操作步骤与单股票的买入相似，这里不再赘述。

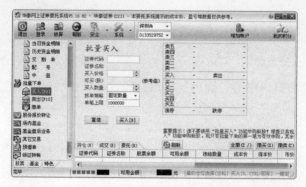

图2-31　批量买入

12）在交易系窗口中"股票"选项卡下的"批量下单"选区中，单击"卖出"按钮，即可进入到"批量卖出"页面，如图2-32所示。其余的操作步骤与单股票卖出相似，这里不再赘述。

图2-32　批量卖出

13）单击交易系窗口中"股票"选项卡下的"场内基金"选区中的"基金申购"选项，即可进入"基金申购"页面，在其中可进行基金申购，如图2-33所示。

14）单击交易系窗口中"股票"选项卡下的"场内基金"选区中的"基金认购"选项，即可进入"基金认购"页面，在其中可进行基金认购，如图2-34所示。

15）单击交易系窗口中"股票"选项卡下的"场内基金"选区中的"基金赎回"选项，即可进入"基金赎回"页面，在其中可进行卖出基金操作，如图2-35所示。

图2-33 "基金申购"页面

图2-34 "基金认购"页面

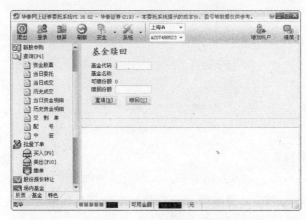

图2-35 "基金赎回"页面

16）单击交易系窗口中"股票"选项卡下的"银证转账"选区中的"银行→券商"选项，即可进入"银行→券商"页面，在其中可将银行卡中的资金转到股

票账户中，如图2-36所示。

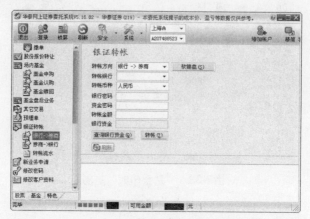

图2-36　"银行→券商"页面

17）单击交易系窗口中"股票"选项卡下的"银证转账"选区中的"券商→银行"选项，即可进入"券商→银行"页面，在其中可将股票账户的资金转到银行卡中，如图2-37所示。

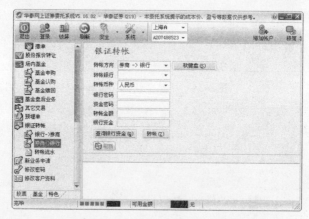

图2-37　"券商→银行"页面

18）单击交易系窗口中"股票"选项卡下的"修改密码"功能按钮，将会进入"修改密码"页面，如图2-38所示。在"密码类型"下拉列表中选择要修改的密码类型，再输入当前交易密码、新交易密码及确认新交易密码等内容，单击"确定"按钮，即可实现密码的修改。

19）单击交易系窗口中"退出"按钮，即可退出华泰同花顺的行情分析系统。

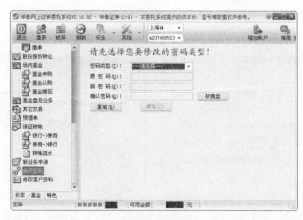

图2-38　修改密码

如何设置证券交易软件

在证券交易软件中，除了能够实现买卖股票等委托操作之外，用户还可以根据自己的喜好，对系统进行个性化设置，以方便其操作。具体的操作步骤如下：

1）在上证指数的分时走势图界面中，选择"工具"→"系统设置"菜单项，即可打开"系统设置"对话框，在其中可对用户管理、分析周期、其他设置、性能选项、颜色字体、信息地雷等各方面进行设置，如图2-39所示。

2）单击"用户管理"界面中的"行情主站设置"按钮，即可弹出"通讯设置"对话框，在其中可以更改运营商，对行情主站信息进行设置，如图2-40所示。

图2-39　"系统设置"对话框

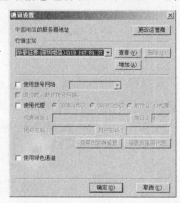

图2-40　"通讯设置"对话框

3）选择"分析周期"选项，即可进入分析周期界面，在其中可以对不同的分析周期进行设置，也可以删除周期、增加周期和修改周期，如图2-41所示。

4）选择"其他设置"选项，即可进入其他设置界面，在其中可以设置自动翻页的间隔时间，快速隐藏/显示的快捷键等内容，如图2-42所示。

图2-41　分析周期　　　　　　　　　　　图2-42　其他设置

5）选择"性能选项"选项，即可进入性能选项界面，在其中各选项前面勾选所需内容，如图2-43所示。

6）选择"颜色字体"选项，即可进入颜色字体界面，在其中可以对页面、窗口、表格和标签等的字体大小和颜色进行设置，如图2-44所示。

图2-43　性能选项　　　　　　　　　　　图2-44　颜色字体

7）选择"信息地雷"选项，即可进入信息地雷界面，在其中可以勾选欲显示的信息地雷，如图2-45所示。

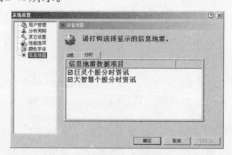

图2-45　信息地雷

完成所有设置之后，单击"确定"按钮即可。

股票交易要收取哪些费用

交易费用是指投资者在委托买卖证券时应支付的各种税收和费用的总和，通常包括印花税、佣金、过户费、其他费用等几个方面的内容。

1. 印花税

证券交易印花税是印花税的一种，是根据书立证券交易合同的金额对卖方进行收取的税费，税率为1‰。从2008年9月19日开始，财政部将证券交易印花税政策由双边征收改为单边征收，即只对卖出方（或继承、赠予A股、B股股权的出让方）征收证券（股票）交易印花税，对买入方（受让方）不再征税。税率仍然保持1‰不变。

2. 佣金

佣金是指投资者在委托买卖证券成交之后按成交金额的一定比例支付给券商的费用。此项费用一般由券商的经纪佣金、证券交易所交易经手费及管理机构的监管费等构成。

委托买卖股票的佣金标准是0.6‰～3‰，它的最低起点是5元。委托者委托买卖成交后，在和承办委托的证券商办理交割时，需要按照实际成交金额的0.6‰～3‰向证券商交纳委托买卖佣金。证券商不得任意或变相提高或降低佣金的收费标准，如果受委托的买卖没有成交，则证券商不能向委托者收取佣金。

佣金的成交价格由股票代理商行决定，一般的股票买卖投资者可以去和账户所在的证券交易所协商，散户一般在1.0‰～2.0‰。

3. 过户费

过户费是指投资者委托买卖的股票、基金成交后买卖双方为变更股权登记所支付的费用。这笔收入是证券登记清算机构的收入，在证券经营机构同投资者清算交割时代替证券登记清算机构进行扣收。其收费标准为：上海证券交易所A股、基金交易的过户费为成交票面金额的1‰，起点为1元，其中0.5‰由证券经营机构交登记公司；深圳证券交易所免收A股、基金、债券的交易过户费。

4. 红利税

上市公司给股票持有者按比例用现金分红时国家收取的税叫红利税。红利税占股票持有者所得红利的10%。假如你有100股，分红利10元钱，应扣红利税=10×10%=1，所以你税后实得现金红利是9元钱。

5.其他费用

其他费用是指投资者在进行委托买卖证券时，向证券营业部缴纳的委托费（通讯费）、撤单费等。这些费用主要用于通讯、设备、单证制作等方面的开支。一般情况下，投资者在上海、深圳本地买卖沪、深证券交易所的证券时，需要向证券营业部缴纳1元的委托费，异地需要缴纳5元委托费。其他费用一般由券商根据需要酌情进行收取，没有明确的收费标准，但其收费需要得到当地物价部门批准，目前有相当多的证券经营机构出于竞争的考虑而减免部分或全部此类费用。

怎样选择入市时机

办完了买卖股票的手续，还需要选择一个好的入市时机。选择有利的入市时机对投资效益有着决定意义，甚至有人认为，它比选择哪种股票还重要。在选择入市时机的时候通常要把握如下几点：

1.宏观把握

对入市时机的分析就是对股市未来趋势的分析，在宏观方面包括对国际政治、经济、社会情况、财政金融政策及投资意愿等多方面的分析和把握。如国内政局是否平稳、安定，通货膨胀率是高是低，经济增长率是否保持在良性范围，物价是否稳定，进出口贸易是否稳步增长，银行存款准备金率是调高还是调低，国家重大经济建设和重点发展项目实施情况如何等，从中均可以观察分析出一轮新的经济增长是否已经开始。

当宏观经济处在调整阶段后期的时候，股市经过漫长的熊市，风险得到充分释放之后，达到了跌无可跌的底部。随着调控的结束，再次激活股票市场，刺激国民经济发展已为必然，投资者在这一时刻入市不仅可以买到价格比较低廉的股票，还可以得到政策面的配合，极大地降低股市的投资风险。

2.与新股同步

选择新股成批上市的时候入市是通常采用的措施。由于投入股市的资金总量基本确定，新股成批上市发行的时候，必定会抽走部分资金，若同时发行股票的企业很多，较多的资金转入发行市场，股市的供求状况便会随之发生变化，股价通常会有向下波动的趋势，投资者在这一时刻入市，比较容易获得合适的价格。

就新股票而言，各公司为了顺利发行，迅速获得资金，利多消息频传，行情看涨的潜力相对比较大；承销商为维护市场形象，也会设法开辟通道，筹集资金，夺取新股上市的开门红；有些大户也会抓住新股在市场上尚无天价、炒作时散户易跟风等特点入场坐庄。投资者此时入市，有可能会跟进一个小高潮，较快获得收益。

3. 抓住"抢权行情"

股票在除权前，由于要送股、配股，股价飙升，此现象称为抢权。在配送的时候有一个股权登记日，如果想得到这一权利，登记日收市之前必须持有该股票，所以由此引起的股票飙升，被称为抢权行情。投资者在登记日之前及时入市，长期持有或作短线盈利，也是一种比较稳健的措施。

4. 探底

股价见底通常都要经过跌后反弹、再跌、低价波动、见底回升几个阶段。投资者在股价见底之后的回升阶段入市是比较不错的选择。判断股市的底部是否到来，通常需要看成交量和股价，还有将空方和多方的力量进行对比，如果成交量和股价都非常低，并且，市场上人气低迷，多数人都不想买股票了，大致就可以推断出股价已经到底了。

5. 寻峰

波浪式发展是股市的一大特点，选择波谷进入，波峰退出，方有利可图。投资者需审时度势，在利用自己的技术手段进行分析判断的基础上，认真判断当前大势是向上还是向下，以选择正确的入市时机。向下时观望等候，向上时大胆进入，才能把损失降到最低限度，获得好的收益。

如何选择合适的股票

参与股票交易，归根结底还是要选择合适的股票，才能获得投资的收益。那么，如何才能在种类繁多的股票中选择到合适的股票呢？下面介绍一些常用的选股方法和技巧，以供投资者参考。

根据众多投资者的经验，在抓住入市时机之后，还需要从以下几个方面进行分析判断，以选择出合适的股票。

❑ 要选择成长前景好的企业，尤其是国家政策支持的行业，首先分析公司是干什么的，有没有品牌优势，有没有垄断市场，在本行业中所处地位如何等情况，以及是否居行业龙头地位。

❑ 分析目前股价是被高估还是被低估，选择总股本较小、股价处于相对低位、每股收益和净资产比较高的个股。

❑ 分析公司给股东的回报是高是低，圈钱多还是分红多，近期有无好的分红方案等情况。选择有高管增持的个股。

❑ 看机构在增仓还是减仓，筹码更集中还是更分散，涨跌异动情况怎么样，有无大宗交易等情况。选择有新机构进入的个股

❑ 选择走势较强的个股，在股市中，一般是强者恒强，可能会一直走出你意

想不到的升势；弱者恒弱，非常有可能会持续下跌。因此，要选择走势较强的个股，一般不要进入弱势股。

☐ 选择有主力介入的个股，有可疑的大笔买单，有人为的控盘迹象，在关键的阻力点和支撑点有护盘及压盘迹象，成交量急放但萎缩，传媒推荐等，都说明主力实力很大。

开始时投入多少资金比较合适

股市新手要从最基本学起，包括股票、股市的特点，公司的基本面、财务信息，股市政策，技术方法等。有了一定的股票投资相关知识之后，要勤加实践，逐渐积累经验，最终才能成为高手。刚开始由于各方面的经验不足，最好不要投入过多资金，以避免造成较大的经济损失，破坏自己的投资心态，导致恶性循环。至于投入多少，每个人应该根据自己的具体情况而定，一般来讲，投入的资金量应该不超过自己手中闲钱的1/5。

证券公司对买卖股票的数量有基本的规定，即买入数量必须是100的整倍数；委托卖出的数量最低为1手，1手=100股。例如投资者选中了一个10元的股票，最少是买1手，也就是需要投资1000元人民币。如果是20元的股票，100股就是2000元。新入市的投资者可以根据自己的情况，先买个几手试试，逐渐积累经验。

散户持有多少种股票比较合适

一般来讲，持有股票的种类越少，风险越大，但可能获益越多；相反，持有种类越多，风险越小，但可能获益也越小。因为，如果只是持有一种股票，盈亏全部取决于该股票的表现。该股票大涨，就等于手中的股票全涨，获利当然丰厚；该股票不涨，投资者就会颗粒无收；该股票大跌，就会全面失利，损失当然惨重，因此，风险较大。如果是持有10种股票，10种股票的涨跌状况当然不会相同，平均下来总体风险也就当然不会像只买一只那么大，收益当然也就不会那么大。

那么，究竟应该持有多少股票才是比较合适的呢？众多专家和有经验的股民们对此问题有着截然不同的看法。一种观点认为集中投资为好，持股不能多，如此才可以优中选优，保证所持股的质量，博取优异的业绩。此观点的代表人物是美国的投资大师华伦·巴菲特。另一种观点却认为分散投资为好，持股不能少，如此才可以构建完善的组合，抵御行业、公司及市场的风险。此观点的代表是各种证券投资基金。

对散户投资者来说，持有多少种类股票则取决于期望获得的效益和愿意承担的风险。如果追求高收益，又愿意承担一定的风险，就可集中持股。如果期望利润稳定，承受风险的能力比较弱一些，持股数可相对多一些。根据笔者的经验，一般散户持股以3～5种为宜，资金量较大的当然可以更多。这样可以排除孤注一掷，既是选股有失误，也不至于全军覆没，损失过大，并且能够较充分地降低风险系数，构建较完善的组合。如果超过5种，一般散户投资者很难有能力、精力跟踪研究，就有可能导致盲目选股，反而会加大风险系数。

什么是限价委托、市价委托

在进行股票交易的时候，投资者选择合适的股票之后，进行下单，委托交易，此时，有"限价委托"和"市价委托"两种方式可以选择。

限价委托是指投资者要求证券商在执行指令时必须按定价或比定价更有利的价格买卖证券。即必须以限价或者低于限价买进证券，以限价或者高于限价卖出证券。

限价委托的优点是可以投资者预期价格或更有利的价格成交，利于投资者实现投资计划，谋求最大效益。但采用限价委托时，由于限价与市价可能有一定的距离，必须等一致时才有可能成交，此时若有市价委托出现，市价委托将会优先成交。因此，限价委托在通常情况下成交速度比较慢，投资者容易坐失良机，遭受损失。

市价委托是指投资者对委托成交的股价没有限制条件，只要求立即按当前的市价进行交易的一种委托方式。

市价委托指投资者对委托券商成交的股票价格没有限制条件，只要求立即按当前的市价成交就可以。市价委托只指定交易数量而不给出具体的交易价格，但要求按该委托进入交易大厅或交易撮合系统时以市场上最好的价格进行交易。市价委托的好处在于它能保证即时成交，市价委托就是按照场内挂出的买入或卖出价格进行交易,不限制成交价格，这样，就可以确保即时成交。但是，有时会风险很大的，投资者应谨慎从事。

为什么委托价和成交价不一致

委托价和成交价不一致的原因主要有以下几种：

❏ 在参加集合竞价时，若委托价高于集合竞价决定价，则按决定价格成交。

❏ 在参加连续竞价时，若当委托买入申报价高于市场即时最低卖出申报价时，取即时最低卖出申报价为其成交价。

❏ 在参加连续竞价时，当委托卖出申报价低于市场即时最高买入申报价时，取即时最高买入申报价为其成交价。

如何在网上申购新股

申购新股有网上定价、竞价方式、法人配售方式、储蓄存单方式等多种申购方式。其中网上定价、竞价股票发行方式是指主承销商利用证券交易所的交易系统，由主承销商作为唯一的"卖方"，投资者在公布的期间内，按现行委托买入股票的方式进行股票申购的股票发行方式。这是目前大多数新股上市采用的形式。

投资者在上网申购新股的具体操作步骤如下：

1）投资者申购。申购当日（T+0日），投资者在申购时间内通过与证交所联网的证券营业部，根据发行人发行公告规定的发行价格和申购数量缴足申购款，进行申购委托。

已经拥有资金账户但是还没有足够资金的投资者，必须在申购日之前（含该日），根据自己的申购量存入足额的申购资金；尚未开立资金账户的投资者，必须在申购日之前（含该日）在与上证所联网的证券营业部开立资金账户，并根据申购量预先存进去足额的申购资金。

2）资金冻结。申购日后的第一天（T+1日），中国证券结算公司将使申购资金冻结。如果因银行汇划原因而造成申购资金不能及时入账的，应在T+1日提供划款银行的划款凭证，并确保T+2日上午申购资金入账，同时缴纳一天申购资金应冻结利息。

3）验资及配号。申购日后的第二天（T+2日），中国证券结算公司指定的具备资格的会计师事务所对申购资金进行验资，并由会计师事务所出示验资报告，以实际到位的资金作为其有效申购。发行人应当向负责申购资金验资的会计师事务所支付验资费用。

有效申购确认完毕之后，证交所将根据最终的有效申购总量，按以下办法进行新股配售。

1）当有效申购总量等于该次股票上网发行量时，投资者按其有效申购量认购股票。

2）当有效申购总量小于该次股票上网发行量时，投资者按其有效申购量认购股票后，余额部分按承销协议办理。

3）当有效申购总量大于该次股票发行量时，则上证交易所按照每1000股配置一个号的规则，深证交易所按照每500股配置一个号的规则，由交易系统自动对有效申购进行统一连续配号，然后通过网络公布中签率。

4）摇号抽签。主承销商于申购日后的第三天（T+1日）公布中签率，并根据总配号量和中签率组织摇号抽签，于次日公布中签结果。每一个中签号可认购1000股或500股新股。证券营业部应于抽签次日在显著位置公布摇号中签结果。

5）中签处理。中国证券结算公司于T+1日根据中签结果进行新股认购中签清算，并于当日收市后向各参与申购的证券公司发送中签数据。

6）资金解冻。申购日后的第四天（T+4日），对未中签部分的申购款予以解冻。新股认购款集中由中国证券结算公司划付给主承销商。

7）发行结束。申购日的第四天后（T+4后），主承销商在收到中国证券结算公司划转的认购资金后，依据承销协议将该款项扣除承销费用后，划转到发行人指定的银行账户。

在申购新股的过程中，需要对如下几个方面进行注意：

❏ 申购新股须在发行日之前办好证交所证券账户，并在证券公司营业部开立资金账户，打入资金。

❏ 投资者需使用其所持的账户，在申购日申购发行的新股。申购时间通常为上午9:30～11:30，下午1:00～3:00。

❏ 除法规规定的证券账户外，每一个证券账户只能申购一次新股，如果重复申购和资金不实的申购都将被看做是无效申购。

❏ 新股申购的委托不能撤单，申购期间内不能撤销指定交易。

❏ 申购配号根据实际有效申购进行，每一个有效申购单位配一个号，并对所有的有效申购单位按照时间顺序连续配号。

❏ 投资者透支申购，即申购总额超过结算备付金余额时，透支部分为无效申购，不予配号。

❏ 每个中签号上海获配1000股、深圳500股，投资者无需另行"买入"操作，系统将自动将中签的股数打入你的账户，没中签的资金自动退回。

如何参与B股交易

B股又名人民币特种股票，它是以人民币标明其面值大小，并需要使用外币进行认购和买卖，在境内证交所上市交易的外资股。B股在交易制度上与A股类似，但也存在不小的差别。例如，B股在港澳地区的公众假期也要休市，如中秋节、圣诞节等。需要提醒你一句，B股的交易单位是港币（深市）和美元（沪市）而非人民币。B股公司的注册和上市都在境内，但投资者限在境外或中国香港、中国澳门、中国台湾。2001年我国允许境内居民个人投资B股，境内法人尚不能参与。

境内居民个人参与B股交易应当遵循以下程序进行办理：

1）凭本人有效的身份证明文件到其原外汇存款银行将其现汇存款和外币现钞存款划入证券经营机构在同城、同行的B股保证金账户，不允许跨行或异地划转外汇资金。并且境内的商业银行应当向境内居民个人出示进账凭证单，并向证券经营机构出示对账单。

2）凭本人有效身份证明和本人进账凭证单到证券经营机构开立B股资金账户，开立B股资金账户的最低金额是等值1000美元。

3）凭B股资金账户开户证明到该证券经营机构开立B股股票账户。

境内居民个人开立B股股票账户，还需要缴纳一定数额的手续费，手续费按19美元/户标准收取，同时还必须办理指定交易，即投资者必须指定一证券经营机构为其进行B股交易、清算和交收的代理机构。B股账户开设时，该账户即被指定在开户会员处，并被指定于T＋1日生效。B股的指定交易可以撤销和重新指定，撤销和重新指定应由境内居民个人向会员提出申请，会员将其申请通过操作平台传送至登记公司，由登记公司审核后于次日通知会员该申请是否生效。境内居民只能在境内会员处进行指定交易，不得在境外B股经营机构处办理指定交易。境内居民证券账户代码为C1*********。

境外投资者可凭个人有效证件，包括外国护照、身份证或中国护照和永久居留证，在境内有从事B股业务的证券经营机构或与境内证券公司建立了代理关系的海外代理商处开立B股账户，境外投资者证券账户代码为C9*********。该类投资者在B股交易中可通买通卖，即同一账户在任何不同的证券营业部买入的B股，亦可在任一证券营业部卖出，但须选择一证券经营机构作为其指定的结算会员，结算会员亦可根据投资者的要求变更。境外投资者也可以选择在境内证券经营机构处办理指定交易，办理手续与境内居民相同。

如何挂失和补办股票账户

如果投资者遗失了账户卡，可带身份证到中证登记公司或其指定的证券营业机构办理挂失补办手续。如果投资者同时遗失账户卡和身份证，需持公安机关出具的身份证遗失证明、户口簿及复印件办理挂失及补办手续。投资者如果委托他人代办挂失，代办者应同时出示法律公证文件。办理指定交易的证券账户在遇到账户卡遗失时，不能直接到登记公司或者其代办处办理挂失手续，需先到原指定交易的证券营业部取得"确无交易交收违约责任"证明书，才能到中证公司或代办处办理补办手续。

深市券商处账户挂失补办原来号码者每户收费10元，挂失手续费10元，异地20元，另外加电信费10元。

第 3 章

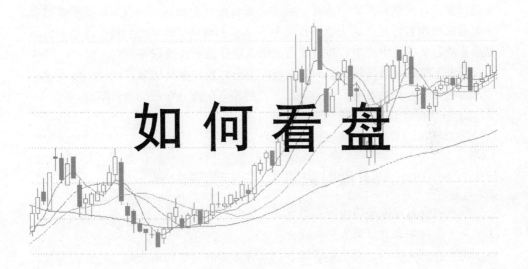

如何看盘

投资者要想掌握股票市场的走势，除了要关注股票的各种基本面之外，更重要的是需要观察、分析股市行情的变化，也就是要学会看盘。股民看盘水平的高低会直接影响其投资的盈亏，通过盘中的股指及个股走势，可以对比多空双方力量的强弱，把握股票的炒作节奏，为以后的买卖提供依据。

什么是看盘

把握市场动向，主要是通过看大盘。看盘俗称"盯盘"，是投资者日常的主要工作。许多证券公司都在其营业大厅的墙上挂有大型彩色显示屏幕，显示的内容主要有上一天的收盘价、开盘价、最高价、最低价、最新价、买入价、卖出价、买盘、卖盘、涨跌、买手、卖手、现手、成交量和总额等，而投资者在看盘时也主要看这些内容。另外，大盘不仅能够显示出上市公司股票的行情，还能够显示整个市场行情的股价指数，也就是常说的上证指数和深成指等。

看盘主要是对股指及个股的未来趋向进行判断，通常从以下3个方面来思考：

❑ 股指与个股方面选择的研判，观察股指与大部分个股的走势是否一致。

❑ 盘面股指走弱或走强的背后隐性信息。

❑ 掌握市场节奏，高抛低吸，降低持仓成本。

看盘时应重点关注哪些内容

看盘时应重点关注的内容主要有以下几点：

1. 开盘时集合竞价的股价和成交额

投资者进入市场，首先要看开盘时集合竞价的股价和成交额，开盘时看看大盘是高开还是低走，大盘高开和低走代表着市场目前的意愿，表示是多头占主导地位还是空头占绝大多数。成交量的大小则说明参与买卖的投资者的多少、人气的多少，它往往能够影响整天的成交活跃度，显示出市场的意愿。投资者可以根据这些表现判断当日股价走势是上涨还是下跌。

2. 关注开盘价

在看盘中，开盘价是非常关键的，对于一只股票来讲，低开、高开和平开都是有一定含义的。一般来讲，开盘价预示这只股票一天的整体走势，高开将提示一天的整体走势都不错，平开预示没有太大风险，低开则要引起注意了。一只正处于升势的股票，在上涨了一定的幅度之后，一个低开可能就是致命的。

3. 股价变动的方向

一般来讲，开盘的股价过高，在半小时内就可能回落；如果开得太低，则有可能在半小时内就会回升。若是高开又不回落，而且成交量随之增大，这个股票就非常有可能上涨。

投资者在看股价的时候，要综合当时的价格、昨天的收盘价、当日的开盘价、当前的最高价和最低价、涨跌的幅度等一起分析判断，看其是在上升还是下降。通常来说，下降之中的股票不要急着买，而要等其止跌；上升中的股票可以买，但要小心不要被套。

股票一日之内通常都有几次升降波动，投资者要注意所要买的股票是不是和大盘的走向一致。如果一致的话，最好的办法就是盯住大盘，在价格升顶时卖出，下底时买入。如此做虽不能保证完全正确，但至少可以卖到相对的高价和买到相对的低价，而不会买到最高而卖到最低。

4. 关注现手和总手数

现手是指股市中刚刚成交的一次成交量的大小。如果某个股票连续出现大量，表示有很多投资者在买卖该股，使其成交变得非常活跃，因此非常有可能创出新高。而如果成交很冷清，成为好股的可能性不太大。总手数也叫做成交量，就是指现手的累计数，总手数在某些时候是比股价更为重要的指标。

5. 换手率

换手率是总手数与流通股数的比，它表明持股人中有多少人是在当天买入的。在看盘中通过买卖手数多少的对比可判断出是买方力量大还是卖方力量大。换手率越高，说明买卖该股的股民越多，因此，也越容易上涨。这样的个股，股性活跃，通常是热门题材股。但若不是刚上市的新股，却出现特大换手率，则常常在下日就下跌，所以最好不要买入。

6. 委买委卖手数

委买委卖手数代表当时所有股票买入委托下三档及卖出上三档手数相加之总和。

委比数值是委买委卖手数差与和的比值。当委比数值为正值时，表示买方力量较强，股指上涨几率大；当为负值的时候，表示卖方力量较强，股指下跌几率大。

7. 成交量和交易量

投资者要注意成交量和交易量的不同，例如，某只股票成交量显示为2000股，这是表示以买卖双方意愿达成的，即：买方买进了2000股，同时卖方卖出了2000股，在计算时成交量是2000股。但如果计算交易量，则双边计算，买方2000股加卖方2000股，计为4000股。

8. 开盘后股票涨、跌停板情况

开盘后涨、跌停板的情况会对大盘产生直接的影响。在实行涨、跌停板制度后，可以发现涨、跌停板的股票会对与其有可比性、同类型的股票产生助涨与助跌的作用。

例如大盘开盘后某只黄金股涨停，在其做多示范效应影响下，其他与其相近的或者有可比性的股票会有走强的趋势。投资者通过自己的观察，可以找出一些经常联动的股票，在某只股票大幅攀升时，可以跟踪其联动股票而获取收益。

9. 填权贴权信息

在公司分红时要进行股权登记，因登记日后再买股票就领不到红利和红股，也不能配股，股价通常来说是要下跌的。因此第二天大盘上的前收盘价就不再是前一天的实际收盘价，而是据其成交价与分红现金、送配股的数量及配股价高低等计算出来的。在显示屏上若是分红利，就显示除息，记作DRXX，后面"XX"是公司名称的缩写，例如"DR长虹"；如果是送红股或配股，就显示除权，记作XRXX；如果是分红又配股，则显示除权除息，记作XDXX。通过一天的交易，如果当日收盘实际价格比算出来的高，就称做填权，反之，如果实际收盘价比计算出来的低，就称做贴权。这通常与当天市场形势有很大关系，股价上升的时候容易填权，下跌的时候则容易贴权。在市场好的时候买入即将配股分红或者刚刚除权的股，容易填权，也就是说，股票的价格很容易在当日继续上扬，虽然收盘时看上去股价可能比前一天低，而实际上股价却上涨了。

看盘的方式主要有哪些

看盘方式主要有以下两种：一种是看行情报价窗口显示的信息，另一种是看图形窗口信息。下面分别进行介绍。

1. 行情窗口的看盘方式

看行情窗口显示信息的方式很多，例如，在证券营业部的显示大屏幕，股票分析软件中的行情窗口，部分报价机、手机和电视台显示的滚动报价等。这种盘面信息中只有各种各样的数据，没有走势图形，因此行情窗口看盘比较简单，只要明白盘面中这些数据的含义就可以了，比如：现价、涨幅、日涨跌、开盘、收盘、最高价、最低价、成交量、成交金额、委买与委卖、成交笔数、每笔手数等，这些在第1章中都介绍过，这里不再赘述。行情窗口如图3-1所示。

2. 图形窗口的看盘方式

图形窗口不仅显示有交易信息数据，还显示出大盘和个股的走势图形，使得投资分析更加形象深入。投资者应该先学些形态分析和均线分析的基础知识，然后在日常交易的过程中不断对照分析，摸索规律，时间长了，就能看明白图形背后的真实含义了。图形窗口如图3-2所示。

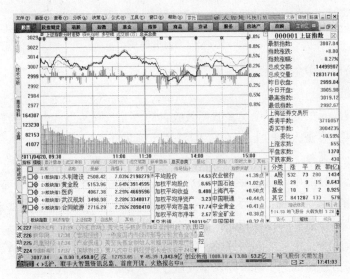

图3-1　行情窗口

图3-2　图形窗口

如何看大盘分时图

分时图也叫即时走势图，它是把股票市场的交易信息实时地用曲线在坐标图上加以显示的技术图形。坐标的横轴显示的是开市的时间，纵轴的上半部分显示的是股价或指数，下半部分是成交量。分时图可以分为大盘分时图和个股分时图，显示的就是股市现场交易的即时资料。

大盘分时图非常清晰地标明了当天大盘的价、量变化，它是短期多空两股力量交战的结果，非常有助于投资者对多空双方力量的对比有一个比较完整的认识，从而选择有利的买卖时机。股票软件中都提供各种大盘指数的分析，作为一般的股票投资者关注最多的应该是上证综合指数。下面以上证指数为例，介绍如何看大盘分时图。首先打开上证指数界面，如图3-3所示。

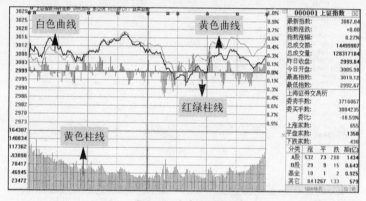

图3-3　大盘分时图

大盘分时图中主要包括以下内容：

1. 粗横线

粗横线表示的是上一个交易日指数收盘的位置，它是当日大盘上涨与下跌的分界线，其上方是大盘的上涨区域，下方是大盘的下跌区域。

2. 白、黄曲线

在大盘分时图中，白色曲线表示加权指数，也就是证交所每天公布于媒体的大盘实际指数。黄色曲线表示的是不含加权的指标，即不考虑股票盘子的大小，将所有股票对指数影响视作相同计算出来的大盘指数。

当指数上涨时，黄线在白线的上面，表示流通盘较小的股票涨幅较大；而当黄色曲线在白色曲线之下时，则表示流通盘较大的股票涨幅较大。

当指数下跌时，如果黄线仍在白线的上面，则表示流通盘小的股票的跌幅小于流通盘大的股票；如果白色位于黄色之上，表示流通盘小的股票的跌幅大于流通盘大的股票。

3. 红绿柱线

在黄白两条曲线的下面有红色、绿色的柱线，是反映当前大盘所有股票的买盘与卖盘的数量对比情况的。红柱增长，表示买盘大于卖盘，指数将逐渐上涨，红色的柱状线越长，表示上涨的力度越大；红柱缩短，表示卖盘大于买盘，指数将逐渐下跌。绿柱增长，表示卖盘大于买盘，指数将下跌，绿色的柱线越多，越长，表示下跌的力度越强；绿柱缩短，表示下跌的力度逐渐减弱。

4. 黄色柱线

在黄白曲线的下方是黄色柱线，用来表示每一分钟的成交量，单位是手。最左边一根长的线是集合竞价时的交易量。成交量大的时候，黄色柱线比较长，成交量小的时候，这条线比较短。

5. 总成交额

总成交额是指一日交易下来的总金额，以万元为单位。

6. 总成交量

总成交量是指一日交易下来的总股票数，以手为单位。

7. 委买委卖手数

委买委卖手数表示即时所有股票买入委托下五档和卖出上五档手数相加的总和。

8. 委比数值

委比数值是委买委卖手数之差与之和的比值，当委比数值为正数时，说明买方力量较强，股指上涨的可能性会比较大；当委比数值为负数的时候，说明卖方力量较强，股指下跌的可能性比较大。

如何看个股分时图

个股分时图如图3-4所示。其主要内容包括以下几个部分：

1. 粗横线

粗横线表示上一个交易日股票的收盘位置，它是当日股票上涨与下跌的分界线，其上方是股票的上涨区域，下方是股票的下跌区域。

2. 白、黄曲线

白色曲线也叫分时价位线，表示股票实时成交的价格。黄色曲线也叫分时均价线，表示股票即时成交的平均价格，是从当日开盘到当时平均的交易价格画成的曲线，其作用类似于移动平均线。

3. 黄色柱线

在黄白曲线的下方是黄色柱线，用来表示每一分钟的成交量。

4. 卖盘等候显示栏

该栏中显示的卖1、卖2、卖3、卖4、卖5的委托价格和数量，按照"价格优先、时间优先"的原则，同一时间内，报价较低的卖家优先成交。

5. 买盘等候显示栏

该栏中显示的买1、买2、买3、买4、买5的委托价格和数量，按照"价格优先、时间优先"的原则，同一时间内，报价较高的买家优先成交。

6. 成交价格、成交量显示栏

该栏中显示最新价、均价、涨跌、涨幅、内外盘等信息，给投资者有益的提示。

7. 分时成交栏

该栏中显示最近几分钟成交的情况，即几点几分以什么价位成交，成交的笔数是多少。例如图3-4这个栏目中的第一行显示"14:59 4.83 266"，表示该股价在14时59分以4.83元成交了266手。

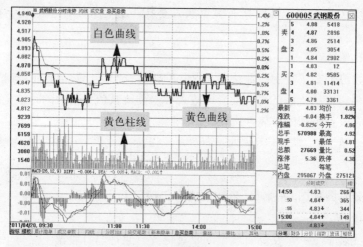

图3-4　个股分时图

如何看大盘K线图

大盘K线技术走势图从周期上可以分为5分钟K线图、15分钟K线图、30分钟K线图、60分钟K线图、日K线图、周K线图、月K线图。由于所取的时间段不同，各种K线图所代表的意义是不相同的。不过，各种K线图所采用的绘制方法有相同之处，只要能够看懂其中的一种，其余的就可触类旁通了。下面以比较常用的日K线图为例来介绍如何看K线技术走势图。

1.大盘K线图的基本内容

一般的股票分析软件所显示的大盘K线技术走势图都是由3个画面组成的，其中最上面的画面是日K线图，中间的画面是成交量图形，最下面的画面是某个技术指标图形（技术指标可任意选择）。如图3-5所示为上证指数2010年11月至2011年4月的日K线图。

图3-5 大盘日K线图

（1）移动平均线采样显示栏

本栏可以显示不同时间周期的移动平均线在某一天的数值。例如，本栏的"MA1：2738.019"表明该图所显示的最后一个交易日的上证指数10日移动平均线位于2738.019；"MA2：2803.985"表明该图所显示的最后一个交易日的上证指数30日移动平均线位于2803.985点。同理，MA3、MA4分别表示的是60日、120日移动平均线所处的位置。

（2）移动平均线走势图

移动平均线分别用不同颜色表示。如图3-5所示，这4条移动平均线分别是10日、30日、60日和120日的移动平均线，其表示颜色在"移动平均线采样显示栏"有明确提示，其中时间最短的10日均线用蓝色表示，30日均线用紫色表示，60日均线用灰色表示，120日均线用棕色表示。

（3）均量线采样显示栏

该栏中显示不同时间周期的均量线在某个交易日的数值。如该栏中"MA1：94 802 840.000"表示图中最后一个交易日的10日平均量为94 802 840.000手。

（4）均量线

均量线是以一定时期成交量的算术平均值在图形中形成的曲线。它是参照移动平均线的原理，以成交量平均数来研判行情趋势的一种技术指标，又称为成交量均线指标。

（5）成交量柱体

绿色（黑色）柱体表示大盘指数收阴时每日或每周、每月的成交量，红色（白色）柱体表示大盘指数收阳时每日或每周、每月的成交量，一条柱状线就表示一天的成交量。

（6）常用技术指标图形显示栏

本栏可以根据每个用户的需要任意选择技术指标，如MACD、DMI、RSI、KDJ、SAR等。

2.大盘K线图的基本操作

进入"K线图"界面后，用户可以进行查看历史时点数据、查看财务、查看短线以及查看成分等基本操作。下面以大智慧软件为例进行介绍，其他软件的操作类似。

（1）查看历史时点数据

在大盘的K线图中，按键盘上的方向键"←"和"→"可以分别向前和向后查看大盘的历史数据信息。左侧浮动窗口中显示的历史数据信息为横竖两条线交点处的K线数据，此时用户也可以单击某根K线来查看其数据信息，如图3-6所示。按"Esc"键，可以取消显示。

图3-6　查看历史时点数据

（2）切换K线图的分析周期

在默认情况下，K线图的分析周期按日线显示，即每一根K线表示一个交易日的情况，如果需要分析其他周期，可以在K线窗口中，单击快捷工具栏中"日线"右侧的下三角形图标，从弹出的菜单中选择不同的分析周期，如图3-7所示。

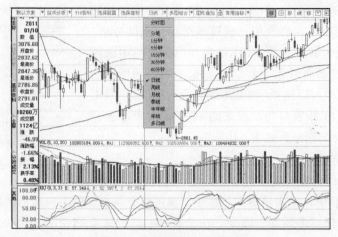

图3-7　选择不同的分析周期

（3）放大或缩小K线

打开K线图的时候，每根K线的大小将自动适应窗口显示。投资者为了了解较长时间的股票趋势，就需要查看更多的K线，此时，可按键盘上的"↓"键使K线缩小显示，如图3-8所示。按键盘上的"↑"键使K线放大显示，便于查看K线的细节情况。

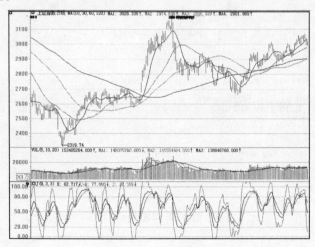

图3-8　缩小的K线

（4）画面组合

默认情况下，大盘K线技术走势图中除了显示K线图之外，还显示了成交量和一个技术指标KDJ，如果只想查看K线图，隐藏其他两个子窗口，或者是增加一些技术指标来辅助分析，可以使用画面组合功能。在K线窗口的菜单栏中选择"画面"→"画面组合"命令，将弹出如图3-9所示的子菜单，从中可以选择6种图形组合。这里选择"4图组合"，大盘K线窗口将在原来的3个子窗口中增加一个窗口显示RSI指标，如图3-10所示。

图3-9　画面组合

（5）多周期分析

对于大盘指数，还可以同时查看不同周期的图形。
在K线图窗口中，单击快捷工具栏中"多图组合"右侧的下三角形图标，从弹出的菜单中选择"多周期"命令，在该窗口中将会显示9个不同分析周期的图形。在某个子窗口中单击，该子窗口标题栏的背景色会改变，以提示这个子窗口处于激活状态，如图3-11所示。在快捷工具栏的"多周期"右侧有4、9、16几个数字按钮，单击这些按钮，多周期窗口将显示对应数量的子窗口。

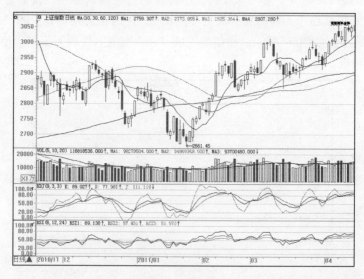

图3-10　4图组合

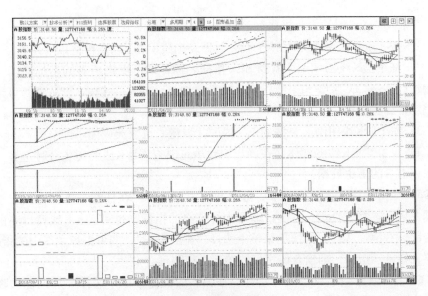

图3-11　多周期分析

如何看个股K线图

　　要查看某只个股走势，只需在键盘上输入个股代码或个股名称拼音首字母，按回车键（Enter键），即可调出这只股票的分时图。从各类行情报价表界面中，双击某个选定的个股，也可进入个股动态K线图。如图3-12所示是中国远洋的日K线图。

图3-12　个股日K线图

个股动态K线图的主要操作如下：

1) 按 "Enter" 键循环切换个股分时图和个股K线图以及行情报价列表。

2) 在个股K线图画面中直接输入指标名称，即可更换原有的指标显示，如 "KDJ"、"MACD"、"RSI" 等指标。按数字键盘中的 "/" 键或 "*" 键，可依次快速切换分析指标。

3) 在个股K线图画面中按 "↑" 或 "↓" 键，可放大或缩小图形。

4) 双击某根K线的实体，在弹出窗口中可以查看该K线的历史分时走势（需要保存当日的历史数据）。

5) 在指标线过多的情况下，如果想去掉它，可以在任意一条指标线上单击鼠标左键，再按 "Delete" 键，即可去掉选中的指标。也可以在K线窗口空白处单击鼠标右键，从弹出的快捷菜单中选择 "删除指标"，即可去掉主图上的指标。若要重新显示指标，则输入该指标的缩写名称即可。

6) 在K线图中，单击鼠标右键，在弹出的快捷菜单中选择 "加入自选股"，可把该股选入自选股栏。

如何看板块

股市发展常常以热点板块点燃、领导、推动，由于股市的推动需要主力动用庞大的资金才能够完成，而板块能够激活市场人气，吸引更多的庄家和散户，从而不断引进新的资金，因此，板块轮动就成了主力机构想利用最少资金成本短期推高大盘指数、激活市场人气的既有效又省力的一种方法。

一般情况下，大盘隔一段时间就会有新的热点板块出现。而且每个阶段总会有一个或几个对市场影响较大的个股出现，因为大盘需要热点板块来推动股市行情，而板块需要龙头股票来进行领涨。尤其在大盘反弹或者是进行反转的初期，市场人气的聚集往往会出现一批龙头股和领涨股来带动热点板块的炒作，形成板块效应。

板块效应就是指同一板块内的股票之间因具有同一特点或同一题材而有机地联系起来，在市场运行中形成板块联动，出现要升同升、要跌同跌的现象。因此，追逐热点板块，阻击龙头股票就是广大投资者常用的选股方法。选择这种热点板块的龙头股票通常有以下两种方法。

❏ 根据资金净流入情况来选择热门板块，然后在该板块中根据基本面的情况筛选出中意的个股。

❏ 直接查询看好的板块，在该板块中依据基本面的不同筛选出中意的个股。

下面以大智慧软件为例，介绍如何看板块的涨幅情况。其具体的操作步骤如下：

1）打开大智慧软件，进入上证A股行情页面，如图3-13所示。

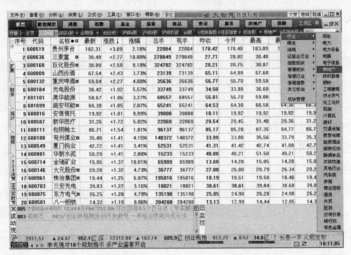

图3-13　上证A股行情页面

2）在该页面中单击上面一排板块右边的下拉箭头即可在不同板块中切换，这里在弹出的下拉菜单中选择"行业"→"房地产"板块，如图3-14所示。

图3-14　选择"房地产"板块

3）"房地产"板块的股票即显示在页面中，并显示有星级、涨幅等信息，用户可以方便地进行选择，如图3-15所示。

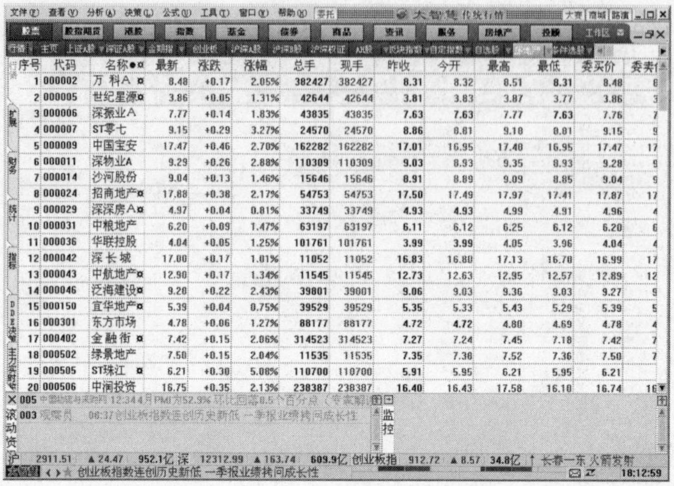

序号	代码	名称	最新	涨跌	涨幅	总手	现手	昨收	今开	最高	最低	委买价	委卖(
1	000002	万 科A	8.48	+0.17	2.05%	382427	382427	8.31	8.32	8.51	8.31	8.48	8
2	000005	世纪星源	3.86	+0.05	1.31%	42644	42644	3.81	3.83	3.87	3.77	3.86	3
3	000006	深振业A	7.77	+0.14	1.83%	43835	43835	7.63	7.63	7.77	7.63	7.76	7
4	000007	ST零七	9.15	+0.29	3.27%	24570	24570	8.86	8.81	9.18	8.81	9.15	9
5	000009	中国宝安	17.47	+0.46	2.70%	162282	162282	17.01	16.95	17.48	16.95	17.47	17
6	000011	深物业A	9.29	+0.26	2.88%	110309	110309	9.03	8.93	9.35	8.93	9.28	9
7	000014	沙河股份	9.04	+0.13	1.46%	15646	15646	8.91	8.89	9.09	8.85	9.04	9
8	000024	招商地产	17.88	+0.38	2.17%	54753	54753	17.50	17.49	17.97	17.41	17.87	17
9	000029	深深房A	4.97	+0.04	0.81%	33749	33749	4.93	4.93	4.99	4.91	4.96	4
10	000031	中粮地产	6.20	+0.09	1.47%	63197	63197	6.11	6.12	6.25	6.12	6.20	6
11	000036	华联控股	4.04	+0.05	1.25%	101761	101761	3.99	3.99	4.05	3.96	4.04	4
12	000042	深长城	17.00	+0.17	1.01%	11052	11052	16.83	16.80	17.13	16.78	16.99	17
13	000043	中航地产	12.90	+0.17	1.34%	11545	11545	12.73	12.63	12.95	12.57	12.89	12
14	000046	泛海建设	9.28	+0.22	2.43%	39801	39801	9.06	9.03	9.36	9.03	9.27	9
15	000150	宜华地产	5.39	+0.04	0.75%	39529	39529	5.35	5.33	5.43	5.29	5.39	5
16	000301	东方市场	4.78	+0.06	1.27%	88177	88177	4.72	4.72	4.80	4.69	4.78	4
17	000402	金融街	7.42	+0.15	2.06%	314523	314523	7.27	7.24	7.45	7.18	7.42	7
18	000502	绿景地产	7.50	+0.15	2.04%	11535	11535	7.35	7.38	7.52	7.36	7.50	7
19	000505	ST珠江	6.21	+0.30	5.08%	110700	110700	5.91	5.95	6.21	5.95	6.21	
20	000506	中润投资	16.75	+0.35	2.13%	238387	238387	16.40	16.43	17.58	16.18	16.74	16

图3-15 “房地产”板块股票

如何通过买盘、卖盘判断大盘走势

买盘指的是买入股票的资金意愿和实际行为。例如：主力机构看好某只个股，如果开始大量买入该股，在盘口上就会显示该资金正在介入该股，买盘比较多。通常情况下，主动性买盘越多，该股上涨的可能性就越大。卖盘指的是卖出股票的资金意愿和实际行为。例如，主力看淡某只个股，大量卖出该股，那么在盘口上就会显示大量资金正在逃离该股，卖盘比较大。当然，主动性卖盘越多，股票下跌的可能性就会越大。但是，上面的说法过于简单，在实际的炒股过程中，对于主力的动向并不好把握，而且，庄家常用买盘与卖盘进行造假，来迷惑投资者。

探寻主力动向的方法很多，从个股交易的买卖盘就可以准确观察主力的动向，具体表现就是一只股票委托买入的价格、数量及委托卖出的价格、数量的反映。当某个投资者委托买入的价格与另一个投资者委托卖出的价格相同时，则成交。当委托买入价格与卖出价格达不到成交条件时，就排队等候，对于委托卖出的卖单，按价格由低到高排列，价格低的会排在前面，对于买单，同样按委托买入的价格排序，价格高的则排在前面。

在一般的交易软件中，可以显示前5档价格最低的卖单和前5档价格最高的买单，一般简称为买1、买2、买3……，或卖1、卖2、卖3……，如图3-16所示为大智慧软件的买卖盘，如图3-17所示为同花顺软件的买卖盘。

卖盘		
5	5.55	1406
4	5.54	1071
3	5.53	616
2	5.52	880
1	5.51	163 +9
1	5.50	220 -91
2	5.49	2789
3	5.48	900
4	5.47	1020
5	5.46	1520

图3-16 大智慧软件的买卖盘

卖⑤	11.97	171
卖④	11.96	121
卖③	11.95	83
卖②	11.94	34
卖①	11.93	144
买①	11.92	35
买②	11.91	1283
买③	11.90	1156
买④	11.89	70
买⑤	11.88	90

图3-17 同花顺软件的买卖盘

许多时候，大资金会利用盘口挂单的技巧，吸引散户做出错误的选择，委买卖盘在这种情况下，就会失去原有的意义。因此，盯住盘口非常关键，可以发现庄家的行踪，推断出主力的动向，从而把握住更好的买卖时机。

一般来讲，投资者应该注意以下几种情况：

❏ 当股价刚启动不久，仍然处在中低价位时，主动性买盘较多，盘中出现了大量的委买盘挂单，往往预示着主力做多意图，可考虑介入跟庄。若出现了大量的委卖盘挂单而股价却不跌反涨，说明可能有主力在压盘吸货，往往是个股大幅上涨的先兆。

❏ 当股价上升幅度已经较大，并且处于高价位时，盘中出现了大量的委买盘挂单，但走势却是价滞量增，此时要留神主力诱多出货。若此时大量的委卖盘挂单较多，且上涨无量，则往往预示顶部即将出现，股价将要下跌。

❏ 当盘口出现连续的单向大买单，而且这些大买单的数量以整数居多，或者是有明显寓意的数字时，例如1000手、6666手、8888手等，非常明显地表明有大资金在活动，一般投资者是不会这样挂单的。大单相对挂单较小并且成交量没有大幅改变的话，可能是主力对敲所导致的。成交量相对稀少，应该是处在吸货的末期。大单相对挂单较大并且成交量随之有大幅增加，是主力积极活动的征兆，如果此时的涨跌相对温和，多为主力逐步增减仓所致。

❏ 在股价刚刚形成多头排列且涨势初起之际，卖盘上挂出大抛单，买单则比较少，此时如果发现有大单一下子连续横扫了多笔卖盘，表明庄家正在大举进场建仓，这时的压单并不一定是有人在抛空，很有可能是庄家自己的筹码，此时是投资者跟进的最佳时机。

❏ 在买卖成交的过程中，有的价位并没有在委买卖挂单中出现过，但是却在成交栏里出现了，这就是隐性买卖盘，其中经常藏匿着庄家的踪迹。单向整数连续的隐性买单不断出现，然后挂盘并没有明显的变化，一般多为主力拉升初期的试盘动作或派发初期激活追涨跟风盘的启动盘口。

❏ 当股价处于低位，买单盘口中出现层层大买单，而卖单盘口只有零星小单，但突然盘中不时出现大单炸掉下方买单，然后又快速扫光上方抛单时，多为主力在吸货震仓。

❑ 当某股在某日正常平稳的运行之中，股价突然被盘中出现的上千手大抛单砸至跌停板附近随后又被快速拉起，或者股价被突然出现的上千手大买单拉升然后又快速归位时，说明有庄家在进行试盘。庄家向下快速砸盘，主要是为了试探基础的牢固程度，考虑拉升的时机是否已经到来，然后决定是否要进行拉升。如果该股在一段时期内总是收下影线，则庄家进行拉升的可能性非常大，反之，出逃的可能性加大。

❑ 在股价已被打压到较低价位，在卖1、卖2、卖3、卖4、卖5挂有巨量抛单，这样就会给散户一种错觉，认为抛压非常大，从而会在买1的价位上提前卖出股票，选择离场。实际上，此时的庄家在暗中吸货，等到筹码接足之后，就会突然撤掉上面的巨量抛单，使股价快速上涨。

等到股价上升到较高价位之后，在买1、买2、买3、买4、买5会挂出巨量买单，给散户一种该股还会继续上涨的错误信号，诱使散户以卖1价格买入股票，然而，实际上庄家已经开始悄悄出货，待筹码出得差不多时，就会突然撤掉巨量买单，使股价大幅下跌。

如何通过内盘、外盘判断大盘走势

内盘是股票在买入价成交，成交价为申买价，说明卖盘比较踊跃，在股票软件的成交明细里以绿色数字（手数）出现或者在数字后面标明；外盘是股票在卖出价成交，成交价为申卖价，说明买盘比较积极，在股票软件的成交明细里以红色数字（手数）出现或者在数字后面标明。由于内盘、外盘显示的是开市后至现时以"委卖价"和"委买价"各自成交的累计量，所以对判断目前的走势强弱非常有帮助。内盘和外盘如图3-18所示。

投资者在利用外盘和内盘进行分析时，可以根据两者之间的差异状况来判断主力机构的动向。通常情况下，外盘大于内盘，说明场中买盘力量较大，走势向好；内盘大于外盘时，则说明卖盘力量较大，走势不好。主动性买盘与主动性卖盘之间的价格如果相差很大，则说明多空双方处于僵持状态。但股市多变，在特殊的情况下，也会出现相反的结果。因此，投资者在使用外盘和内盘判断大盘的走势时，要注意结合股价在低位、中位和高位的具体成交情况以及该股的总成交量考虑。

图3-18 内盘和外盘

一般来讲，有以下几种情况需要注意：

❑ 股价经过了长时间的下跌之后，处于较低价位，成交量也变得相当萎缩。然后，盘中成交量温和放出，当日外盘数量增加，大于内盘数量，此时，股价将极大可能上涨，此种情况较为可靠。

❑ 在股价持续阴跌过程中，时常会出现外盘大、内盘小的现象，该情况并不能说明股价会上涨。因为庄家只需使用几个抛单即可将股价打低，然后在卖1、卖2挂卖单，并自己吃掉自己的卖单，就能够造成股价的小幅上升，从而轻易地制造出外盘大于内盘的假象，使散户认为庄家在吸货，而纷纷跟进，结果往往是股价继续下跌。

❑ 在股价持续上涨过程中，时常会出现内盘大、外盘小的现象，这同样也不能说明股价将下跌。因为庄家使用几笔买单就可以将股价拉高，然后在买1、买2上挂买单，显示出内盘大、外盘小的假象，让散户错以为庄家在出货，纷纷抛出自己的股票，然而此时的庄家却挂出小单，将这些抛单接住，达到欺骗投资者的目的。

❑ 股价已有了较大的涨幅，如果某日的外盘大量增加，但股价却没有随之大幅上涨，此时，投资者一定要提高警惕，防止庄家诱多出货。当股价已出现了较大的跌幅之后，如果某日的内盘大量增加，但股价却没有随之大幅下跌，投资者也要提高警惕，防止庄家诱空吸货。

如何通过集合竞价判断大盘走势

集合竞价就是在当天还没有成交价的时候，投资者可根据前一天的收盘价和对当日股市的预测来输入股票价格，在这段时间里输入计算机主机的所有价格都是平等的，不必按照时间优先和价格优先的原则进行交易，然后按照最大成交量原则定出股票的价位，这个价位就是集合竞价的价位，这一过程称为集合竞价。集合竞价的时间为：沪市为9:15～9:25（开盘集合竞价时间）；深市为9:15～9:25（开盘集合竞价时间），14:57～15:00（收盘集合竞价时间）。

　　每一个交易日的第一个买卖时机就是集合竞价的时候，机构主力经常会借集合竞价跳空高开，拉高出货，或者跳空低开，打压建仓。通常情况下，散户的投资策略是卖出跌势股，买入热门股或强庄股，而机构主力操盘恰恰反其道而行之，他们总是利用集合竞价，卖出热门股，买入超跌股。因此，当集合竞价开始时，投资者如果发现手中持有的热门股跳空高开，同时伴随着大的成交量，就要提高警惕了，继续观察，开市半小时内如果该股达到5%换手率，更是应该做好逢高出手的准备。反之，当集合竞价开始时，投资者如果发现手中的热门股向上跳空高开的缺口较小，并且量价关系良好，则可以追涨。

　　总之，集合竞价是大盘一天走势的预演，投资者在开盘前可以先看集合竞价的股价和成交额是高开还是低开，这通常预示着当天的股价是上涨还是下跌，集合竞价时成交量的大小往往对一天之内的成交活跃度有较大的影响。一般来讲，"高开＋放量"说明做多意愿较强，则大盘当日收阳的概率较大；"低开＋缩量"说明做空意愿较强，则大盘当日收阴的概率较大。

如何从开盘来观测机构的动向

　　中国股市的机构非常看重开市价、最高价、最低价、收市价这4个价位，其中开盘价是一日行情的起点，显得尤为重要，因此，机构造市一般都要在开盘价上作文章。当市面上"利好"或"利空"传闻较多时，也是机构利用开盘大举造市的时候，开盘是市场各方对当日股价的一个预期。根据当日开盘价与前一日收盘价的对比，开盘价有以下三种形态：平开、高开、低开。

　　1. 平开

　　平开是指开盘价与昨天的收盘价一样，不过，出现这种情况的概率并不是很大，技术意义也不太强。这表明多空双方暂时处于一种平衡状态，没有明显的上升和下跌空间。

　　2. 高开

　　高开是指当天第一笔撮合的价格高于前一个交易日的收盘价格，说明多方占据有利地位，市场对个股和大盘的未来走势充满期待，通常容易出现上涨的行情。

　　对于高开的情况，首先要看高开的幅度，其次看高开时的量能，量能参照量比指标。如果高开的幅度在1%以内，量比在3以下，说明信号不是很强烈。如果高开的幅度不大，量比却异常放大，例如开盘时量比超过8，则具有较强的短线意义。如果量比并不异常放大，但高开的幅度高于5%，也有较强的短线意义。这种情况一般极少见，因为一般而言上涨都需要量能的推动，只有连续上攻的一字线涨停可能会出现这种情况。

最有操作参考意义的是在强势市场中高开幅度在3%以上的个股，如果该股能够稳住，不大幅回调补缺口，则应该引起投资者的高度关注，通常这样的个股在短期内具有持续上涨的动力。

例如，新华百货在2011年4月21日早盘的开盘价为26.23元，比前一天的收盘价25.73元高开接近5%，其后半个月的涨幅将近20%。其K线图如图3-19所示。

图3-19　新华百货K线图

3. 低开

低开则是指开盘交易的第一笔成交价低于前一个交易日的收盘价格，说明空方占据主动地位，市场对于该股没有信心，是看低后市的。但后面的走势要根据具体的情况分析，不同情况下的低开表明不同的趋势。

如果低开之后股价快速反弹，迅速回补缺口，说明低开只是为了吓出获利盘，当获利盘被消化掉之后，该股将会迅速翻红，走出上升的趋势。

如果股价在底部跳空低开，则表示市场回暖，低开可能是庄家在建仓，反而可能是抄底的好机会。

弱市行情中，如果个股在开盘时大幅低开，并且没有快速反弹补缺口，或者回补缺口的时候成交量非常小，往往预示着该股还会有比较大的跌幅，投资者应及早卖出回避风险。

例如，华胜天成在2011年4月25日早盘的开盘价为16.38元，比前一天的收盘价16.54元低开接近1%，当天跌幅超过4%，其后一周的跌幅将近20%。其K线图如图3-20所示。

图3-20　华胜天成K线图

开盘半小时如何看大盘

开盘后前半小时的盘面表现，不仅仅是前一交易日行情的延续，还是当日交易趋势的一个预演。经过上一个交易日后十多个小时的思考，投资者所作的投资决策通常会较为坚决并接近于理性。所以，在这半个小时中，最能反映出投资者的多空力量对比，可以判断出全天的大致走势。而且，在开盘前半小时内主力倾向于完成当日的拉高、试盘、洗盘等任务，而散户倾向于了结手中的股票，买入新的股票。

通常情况下，开盘时候的股价过高，会在半小时内回落，如果开盘时的股价过低，则会在半小时内出现回升。此时，投资者要密切关注一下成交量的大小，如果高开又不回落，而且成交量逐渐放大，那么该股很可能要出现大幅上涨的行情。

为了能更加正确地把握个股的走势特点与规律，可以以开盘为原始起点（因为开盘价是多空双方都认可的结果，它也是多空力量的均衡位置），然后以开盘后的第一个10分钟、第二个10分钟、第三个10分钟指数或价位移动点连成三条线段，这里包含着一天的未来走势信息。

1. 第一个10分钟

开盘后的第一个10分钟是多空双方高度重视的时间段，此时参与股票交易的人数比较少，主力机构使用不多的量就能够达到预期的目的，可谓是花钱少，效益大。因此，庄家通常会通过集合竞价跳空高开拉升或跳空低开打压，用来衡量抛压和跟风盘的多寡，从而对自身的操作计划进行修正。

2. 第二个10分钟

第二个10分钟是多空双方进入休整阶段的时间，通常会对原来的走势进行修正，如空方逼得太猛，多头会组织反击，抄底盘会大举介入；如多方攻得太猛，空头也会予以反击，获利盘会积极回吐。因此，这段时间是买入或卖出的一个转折点。

3. 第三个10分钟

在第三个10分钟，参与股票交易的人变得越来越多，多空双方经过前面的较量，也已经大概了解了对手的情况，此时的买卖盘可信度加大，这一时间段的走势基本上能够成为全天走势的基础。此时投资者应密切注意个股的量价关系是否配合，委买单与委卖单的多寡，从而判断出大盘的趋势。一般而言，开盘委比达到2倍以上，显示人气旺盛，走势向好；如二者相差不大，则需观察是否有大手笔委托（买卖）单，同时应结合前期量价趋势加以分析。

盘中时间如何看大盘

沪、深两市每个交易日时间为4小时，除去早盘与尾盘的半个小时，其余全为盘中时间，这3小时的盘中时间又可分为多空搏斗、多空决胜和多空强化3个阶段。

1. 多空搏斗阶段

当开盘拉开了一日股市的序幕后，盘中开始了多空双方的正式交手。指数、股价波动的频率越高，说明多空双方的搏斗越激烈。若指数、股价长时间平行，则表明多空双方退出观望，无意恋战。多空双方的胜败除依赖自身的实力（资金、信心、技巧）外，还要考虑消息和人气两个因素。

2. 多空决胜阶段

多空双方经过激烈拼斗，到这一阶段已经打破了相持不下的僵局，大盘走势出现明显的倾斜。如果多方占据优势地位，大盘将会走高；如果空方占据优势地位，大盘则会不断走低。多空双方能否战胜对方通常取决于以下三方面的因素。

（1）指标股的表现

指标股指的是对大盘指数影响较大的股票。指标股是在股市起着聚集市场人气、领导价格升涨作用的股票，例如沪市的浦发银行、中国石化等；深市的万科A、深发展A等。指标股通常受到数家大主力的关照，指标股股价一旦发动起来，往往会有一段坚挺而持续的升涨行情。

例如2008年10月28日，浦发银行开始逐步上涨，大盘也随之大幅上涨；2009年7月31日，浦发银行开始逐步下跌，同期大盘也随之开始下跌。浦发银行K线走势图如图3-21所示。

图3-21　浦发银行K线图

（2）涨跌家数

股票涨跌数的多少，很大程度上可以反映出大盘涨跌的真实情况。如果在大盘上涨的同时，上涨股票的个数多于下跌个数，表明大盘上涨比较真实。如果大盘上涨，下跌的股票个数却多于上涨的个数，说明主力在制造虚假涨势。如果上涨的股票个数大于下跌的股票个数，多方力量占据优势，收盘指数通常会上涨；反之，下跌股票个数多于上涨的个数，空方力量占据优势，收盘时通常会下跌。观察涨跌的股票个数，辨别多空力量对比情况的最佳时间为收盘前1小时，即在多空决胜时段的后期。前期多空拼斗比较激烈，涨跌股票个数的转换也比较频繁，参考价值不大。

（3）波动次数

如果在下跌趋势中，股指的波动振幅比较大，次数多预示着后期上涨的几率比较大，而在上涨的趋势中情况则相反，预示着后市将趋于下跌。一般情况下，在一个交易日中，出现7次以上的较大波动，市场就存在较大的反转契机。

3. 多空强化阶段

多空强化阶段是盘中的最后阶段，经过多空双方激烈的争夺之后，此时盘面的局势已经非常明朗，将14:30分前盘中出现的最高和最低点描出并取其中间值为标准，如果此时的指数在这个中间值和最高点中间，则预示着涨势会进一步强化，尾市有望高收；若此时指数在中间值和最低点之间，则往往会导致"杀尾盘"。

收盘半小时如何看大盘

尾盘也叫盘尾，一般是指收市前半小时的盘面表现。尾盘往往是全天交易最集中也是多空较量最激烈的一段时间，会直接影响次日盘面走势，对第二个交易日开盘及前一个小时的走势有一定的指示作用。下面对尾盘的具体情况进行一些分析。

1. 上涨趋势中

如果股价处于上涨趋势中，有以下几种情况需要注意：

❑ 尾盘股价上涨，随之成交量不变或减小，如果同时均线成多头排列初期，这种情况为涨势，投资者可积极介入，如果当日没有买入的机会，可以在次日进入，次日开盘多会出现跳高开盘，随即回调的走势，投资者可以在回调的时候借机进入。

❑ 尾盘股价急速下跌，并且成交量随之放大，这种情况如果发生在涨幅过大，并且全天一路下跌的尾盘，投资者应该尽快离场，次日一般以平开或跳低方式开盘，并且有可能形成顶部。

例如中海发展在2010年11月5日尾盘放量下跌，虽然后期有所反弹，但是，还是形成了阶段性的顶部，转入了下跌阶段。其K线走势图如图3-22所示。

图3-22 中海发展K线图

❑ 尾盘股价上涨，并随之成交量增大，说明此时市场中的人气旺盛，多方力量占优势地位，第二天开盘时常常会高开，投资者可以大胆介入。

2. 盘整趋势中

盘整趋势指的是股价在一段时间内波动幅度比较小，没有特别明显的上涨或下降趋势。盘整趋势中有以下几种情况需要注意：

❑ 尾盘股价下跌，但是成交量增大，这种情况说明有资金在承接，只要不出现比较大的量，说明有庄家在护盘，如果成交量非常大，则有可能是换主力，需要仔细观察盘中每一笔的交易，分出端倪。如果大盘回升，而该股却只是盘整放量，则可能是主力认赔出局，后市下跌的可能性极大。

❑ 尾盘价格上涨，成交量也增大，说明多方力量大于空方力量，次日开盘一般会出现平开或高开，投资者可以择机介入。

3. 下降趋势中

如果股价处于下跌趋势，有以下几种情况需要注意：

❑ 尾盘价格下跌，成交量缩小，这种情况多为主力所为，没有成交量配合，空头力量得不到有效的释放，其反弹也将是弱势反弹，很难改变个股的下降趋势。

❑ 尾盘价格下跌，成交量增大，这种情况说明空方力量强于多方力量，次日开盘一般会出现小幅低开，然后再急速或逐步下跌，投资者离场观望比较稳妥。

❑ 尾盘价格上涨，成交量也随之放大，这种情况要具体分析，如果30日均线走平，并与10日均线相距较近的话，这种盘面多为反转信号，次日可能会上攻均线；如果30日均线没有走平，此盘面多是弱势反弹，次日开盘往往是平盘，逐步转为下跌，或者直接跳空下行。

如何看待尾盘拉升

尾盘小幅拉升和小幅回落通常代表的意义不大。当某只股票的股价并不在上升阶段，成交量也没有什么特别的变化，但在尾市突然出现一笔或几笔大成交量的单子，导致股价快速大幅上升，这种情况才具有比较大的意义，需要引起投资者的高度重视。通常有以下几种情况会导致尾盘的突然拉升。

1. 庄家为了保存实力

收盘前几分钟，突然出现几笔大买单，加几角甚至1元、几元，把股价拉至高位，这往往是庄家为节约资金，并能使股价收在较高位或关键价位的举动。例如某个股票是20元，庄家打算将其收在22元，如果在上午拉升至22元，就需要在22元的价位接下大量卖盘，需要的资金量会比较大，而尾市突然拉高会由于大多数人未反应过来便已收市无法卖出，庄家便以较小资金达到了目的。

2. 主力进行护盘

如果某只股票当天成交平淡，表明市场已将该股淡忘，主力为了使其引起大家的关注，往往会自己购进股票，使尾盘拉升，希望带动其他散户跟进，刺激市场行情，引起该股的价格上涨。

3. 有利好消息

通常是该股票有经营业绩好转、大的收购等消息出现，以及其他政治、经济、军事、外交等方面的对股价上升明显有利的消息传出，也会出现尾盘拉升的现象。

4. 主力做多信心强

如果某只个股一直在高位徘徊，最好出现封涨停的现象，说明主力做多的信心较强，希望出现比较漂亮的K线图，涨停意味着第二天将会高开或继续上涨，因此，会吸引大量的买单加入。

收盘价对未来走势有哪些影响

收盘价是指个股在一天交易活动结束前最后一笔交易的成交价格，是下一个交易日开盘价的依据，因此，收盘价是一个非常具有观察意义的价位，收盘价格的高低往往反映出市场资金对某只个股的关注程度，并能够预示下一个交易日的走势方向。

将收盘价与同一交易日中的开盘价、最高价和最低价进行对比，根据以下几种不同的情况来判断股价的走势特点：

❏ 开盘价和收盘价以及最高、最低价格相同，即个股股价一直以一个价格横盘运行，说明市场处于单边市场，通常情况下，涨停的个股在第二天仍会有不俗的表现，而跌停的个股往往说明空方力量占据优势，很难立即有较大的起色，投资者需要参照其他因素进行判断。

❏ 收盘价高于开盘价，表明该股处于上涨阶段，如果是在下跌趋势中低开高走，说明有抄底资金在此进入，后市很有可能出现上升的走势；如果是高开高走，说明该股目前处于强势上涨的过程中，投资者可择机介入。

❏ 收盘价低于开盘价，说明该股面临的市场压力比较大，形势不容乐观，后期有调整的可能性。投资者应该谨慎操作。

❏ 收盘价等于最高价，表明该股处于一种上涨趋势中，一般而言，第二天还会有更高价位出现，短线操作风险很小，投资者可以顺势而为。

❏ 收盘价等于最低价，表明尾市出现了打压的力量，第二天通常会出现更低的价格，所以投资者最好是离场观望。

❑ 收盘价等于开盘价，也就是以十字星形态结束一天的交易，表明市场的多空力量处于平衡状态，股价即将出现反转，如果在股价较低的位置往往是止跌信号，意味着底部的来临；如果在股价较高的位置则是见顶信号。如果配合长的上影线或者下影线其指示性则更为明确。

如何判断股市的大盘走势

投资者如果想在股票投资中做到进退自如，就必须学会准确地判断大盘的趋势。一旦看错了大盘走势，在熊市行情中，即使选择的股票基本面和技术面都非常好，还是有七成左右会随大势狂泻不止，即使处于牛市行情中，还要判断是牛市的初期还是末期，更重要的是，判断大盘下一步将会怎么样。大盘的走势究竟是暂时的盘整，还是已经见顶了，出现了逆转。只有明确了这些问题，才能对股市的大盘走势有个比较准确的把握。

1. 对牛市的把握

牛市，即多头市场，指证券市场行情普遍看涨，延续时间较长的大升市。牛市行情中，投资者获利机会比较多。可以说对于大部分的个股，投资者只要能拿得住，不频繁地买进卖出，一般情况下都能够盈利。牛市可以分为三个不同时期。牛市第一期往往是在市场最悲观的情况下出现的。此时，大多数的投资者对市场感到失望透顶，甚至有人开始不计成本地抛售股票。但是，有远见的投资者则会开始选择优质股票逐步进场。市场成交量也开始逐步回升。牛市第二期，市场行情已经明显好转，但熊市的惨跌仍然给不少股民留下严重的心理阴影，不敢贸然进场，大盘行情良好，股价力图上升。牛市第三期，股市上的成交量不断增加，市场上情绪高涨，吸引了越来越多的股民入场。在这一阶段的末期，市场投机气氛极浓，甚至一些垃圾股、冷门股的股价也会出现大幅度的上涨。当这种情况达到某个极点时，市场就会出现转折。

股市的赢家往往就赢在比别人早一步发现股市的转折点。根据相关经验，牛市来临通常会出现以下征兆，投资者可以根据自己的判断提前杀入市场。

❑ 股市的宽度增加，就是说价格上升的股票多于下跌的股票。

❑ 行情在接着的3个月之内对一连串的利空毫无反应，仍然是出现大涨小回的模式。

❑ 技术分析图出现"月线连三红"的线型，市场成交量开始逐步回升。

❑ 投资者前景普遍悲观时。

选择正确的时机进入市场还远远不够，只有善于发现股市的顶部，及时逃顶才能保住胜利果实，否则以前的盈利也会成为过眼烟云。根据有关经验，如果出现以下的征兆，可以认为是牛市即将见顶：

❏ 价格上看，创新高的股票数目先是大增，但到牛市末期尽管指数上升，上升的股价不多。

❏ 越来越多的新股民不断涌入市场，每个月的开户数量持续上升。

❏ 放量滞涨，大盘放出近期大量而不涨，基本可以确认主力在出货。

❏ 在大盘即将到顶的时候，绝大多数股民处于盈利状态，大量资金涌入市场，造成股价不断翻番，股民争相竞价购买的状态。

❏ 一直被市场不看好的垃圾股也普遍出现持续涨停的现象，市场上已经没有低价股，市盈率居高不下。

2. 对熊市的把握

熊市，即空头市场，指行情普遍看淡，延续时间相对较长的大跌市。熊市也可以分为三个不同时期。熊市第一期就是牛市第三期的末段，此时市场绝对乐观，但是，就在大多数投资者疯狂沉迷于股市的升势时，少数理智的投资者和庄家已经开始将资金逐步撤离。因此，市场的交投虽然十分炽热，但已有逐渐降温的迹象。这时如果股价再进一步攀升，成交量却不能同步跟上的话，大跌就可能出现。熊市第二期，股票市场经常出现恐慌性抛售，从而加剧股价的急速下跌，市场上会因为形势还不太糟糕，而出现几次较大的回升和反弹。经过这一段时间的中期性反弹以后，经济形势和上市公司的前景趋于恶化，这时整个股票市场弥漫着悲观气氛，股价继反弹后会出现更大幅度的下挫。熊市第三期，股价持续下跌，但跌势没有加剧，下跌的股票集中在业绩一向良好的蓝筹股和优质股上。这一阶段正好与牛市第一阶段的初期段相吻合，有远见的投资者会发现这是一个很好的吸货机会，这时购入低价优质股，待大市回升后可获得丰厚回报。

从盘面上看，熊市来临也有一些可供参考的征兆：

❏ 散股交易中买方大大高于卖方，参与炒股的人员非常广泛，连一些看车的大妈都参与了炒股。

❏ 价格大幅度持续上涨，但是遇到上升的较大阻力，上涨速度缓慢。

❏ 投资者由风险较大的证券转入安全型债券，证券市场上悲观和保守心理增加。

如果投资者能清楚地找到股市的底部，赶在见底的时候低位建仓，便可等待下一轮上涨。一般来说，熊市见底会显示以下征兆：

❏ 绝大多数投资者出现亏损，并且亏损的幅度在50%以上，甚至主力机构也不能避免亏损，此时离熊市见底不远了。

❏ 大多数的股票已经深幅下调，前期较为抗跌的蓝筹股或优质股也加入大跌的行列，往往还会出现大面积跌停的现象。

❑ 投资者由以往的贪婪，开始变得对股市不闻不问，并且对股市回升不抱希望时，股市才真正见底。

❑ 一些重要的支撑位被轻易击穿，一些整数点关口也接连丢失。

3. 对盘局的把握

在股市的股价走势中，股价变动轨迹除了上涨趋势和下跌趋势以外，还有一种就是股价振幅较小的盘旋局势，简称盘局，也称为牛皮市。盘局的形成主要是由于行情上涨或下跌了一段时间后，多空双方力量势均力敌，成交量日益萎缩，从而出现盘局状态。盘局一定时间之后，必然要向上或向下突破，通常情况下，低位向上突破是投资者加仓的好时机，而高位向下突破是投资者离场的机会。

根据经验，低位出现向上突破时往往出现以下这些征兆：

❑ 低位突发利多消息，并且成交量逐渐放大，均线形成初步的多头排列状态。

❑ 收盘指数有效突破重要阻力位。

❑ 主流热点板块在盘中有大笔买卖单的异动，板块中的龙头个股崛起。

高位出现向下突破时往往出现以下这些征兆：

❑ 高位的突发利空消息，成交量逐渐萎缩，均线形成初步的空头排列。

❑ 收盘指数突破重要支撑位。

❑ 重要技术指标出现股价将下跌的提示。

如何使用涨跌幅排行榜选股

几乎所有的看盘软件都会提供股票涨跌幅排行榜，通过观察这些排行榜，再加上一定的投资策略，将会有不错的效果。下面以大智慧软件为例进行具体的说明。打开该软件，然后输入61可以查看上证A股涨幅排名，如图3-23所示。输入63可以查看深证A股涨幅排名，如图3-24所示。

对涨跌幅排行榜的个股仔细分析，可以了解到资金在流进哪些行业和板块，看哪些个股资金在流出，是否具有板块和行业的联系。通常情况下，进入涨幅榜的个股，最终演变成牛股的概率相对较大，在涨幅榜中选牛股，往往能达到事半功倍的效果。而进入跌幅榜的个股，则往往会保持持续下跌的趋势，投资者要谨慎选择。通过涨跌幅排行榜进行选股具体需要掌握以下的投资技巧：

❑ 首先看排行榜中排在前列的多只股票是否属于一个板块概念，如果是，表明该板块是短期市场的热点，应该进行重点关注。特别要注意这一板块内目前涨幅还不大的个股，它们很可能在后期进行补涨，成为市场中的强势品种。

图3-23　上证A股涨幅排名

图3-24　深证A股涨幅排名

❑ 因基本面情况出现变化而进入这个排行榜的个股需要分析题材的有效时间。例如2009年的甲流概念股在疫情刚刚出现时就可以看到华兰生物、达安基因出现在涨幅排行榜上，当时甲流在全球蔓延，研制出疫苗需要一个相当长的时间。因此，投资者可以在当时果断买入。

❑ 没有明显基本面原因而经常出现在这个排行榜上的个股属于游资关注个股，可以中长线反复注意跟踪。

❑ 对于受消息影响而进入排行榜的个股，往往缺少主力资金建仓的过程，因此其持续性并不强，没有太大的可操作性。而且，庄家在出货阶段中，通常会发布一些利好消息，来诱骗散户买入，因此，对于此类个股，投资者要谨慎对待，以免上当受骗，造成投资的失误。

第 4 章

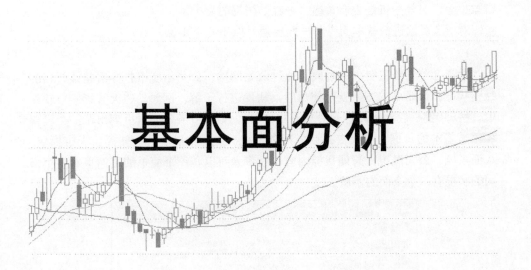

基本面分析

基本面分析对于选择投资的股票有重要作用，股市的基本面包括宏观经济形势、行业发展情况和上市公司基本资料。在实际的投资活动中，投资者首先要对打算购买股票的上市公司进行必要的了解，对其基本面进行分析，然后对该股票进行准确的估值，才能有效地减小投资的风险。

如何进行基本面分析

在投资股票之前，投资者首先要分析该股票是否值得投资，也就是查看该股票的基本面，对其进行分析判断。一只股票的基本面主要包括：所属行业及前景、股本结构、净资产、公积金、未分配利润、每股赢利、净资产收益率、现金流、市盈率等。另外分析是否有重组、分红等情况的发生。

对所选股票进行基本面分析一般要通过以下几个步骤。

1. 了解该公司

投资者首先要花费一些时间，通过公司网站、公司年度报告弄清楚该公司的经营状况。最简单的方法就是使用股票软件进行了解，例如，在大智慧股票软件中，按F10键一般都可以打开股票基本资料，如图4-1所示。这里列出了一个股票各项最基本的数据，有操盘必读、财务透视、主营构成、行业新闻、大事提醒、八面来风、公司概况、管理层等内容，投资者可以在一个简单的页面里对整个公司的状况有一个全面的了解。

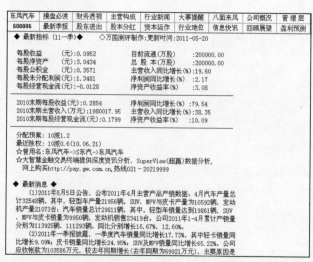

图4-1　股票基本资料

2.分析该公司的发展潜力、资产价值和生产能力

在选择某只股票之前，首先要分析一下该公司发展潜力如何，有什么新的产品，新的拓展计划，其利润增长点有哪些；其次，还要考虑其有形资产和无形资产的价值如何；最后，还要看其生产能力怎样，其生产技术在同类行业中处于什么水平。

3.与同类行业相比较

任何一个行业中都有龙头企业和一般企业，选择某只股票之后，要与竞争对手相比较，看看该公司的经营策略、市场份额如何，在行业中的地位如何。

4.分析财务状况

上市公司的经营状况是决定其股价的长期的、重要的因素，而经营状况是通过财务报表反映出来的，因此，分析和研究财务统计报表就显得尤为重要了，在报纸的金融版或者财经网站可以找到有关的信息。

5.观察股价走势图

大盘和个股的股价走势图也是一个非常重要的分析工具，在选择股票之前一定要进行详细的分析，如果大盘和个股处于上升趋势，说明其基本面向好。

6.相关消息

许多专业股票分析家会密切关注市场的主要股票，并为投资者提供买入、卖出或持有的建议。并且，有时候还会在网站或报纸上得到一些内幕消息，对于这些信息，投资者一定要进行谨慎的分析和判断，只能作为参考，不能盲目地相信。

经济周期对股市有什么影响

股市中有这么一句话："股票市场是经济的晴雨表"，也就是说股价变动会随经济周期的变化而变化，而且也能预示经济周期的变化。人们通常称股市是虚拟经济，与之相对的现实经济是实物经济，两者之间的关系非常密切。

经济周期包括衰退、危机、复苏和繁荣4个阶段，当社会需求随着人口增加、消费增加等因素而不断上升的时候，产品价格、工人工资、资本所有者的投资冲动都会增加，从而导致投资需求增加，企业效益增大，引起经济发展的速度加快。经济发展到一定程度时，消费需求就会开始减少，产品供过于求，企业开始缩小生产规模，利润减少，经济就会进入低迷时期。当实物经济按照上述周期运行的时候，以证券市场表示的虚拟经济也处于周期运行之中。一般来讲，在经济衰退时期，股票价格会逐渐下跌；到危机时期，股价跌至最低点；而经济开始复苏时，股价又会逐步上升；到繁荣时，股价上涨到最高点。

虽然经济周期能够影响股价随之发生相应的变动，但两者的变动周期又是不完全同步的。实际上，股价的变动总是会比实际的经济周期变动领先一步。即在经济进入衰退期以前，股价已经开始下跌，而在经济复苏之前，股价已经回升；经济周期未步入高峰阶段时，股价已经见顶；经济仍处于衰退期间，股市已开始从谷底回升。这是因为股市股价的涨落包含着投资者对经济走势变动的预期和投资者的心理反应等因素。

因此，投资者根据经济循环周期来购买股票的策略应该是：衰退期以保本为主，投资者在此阶段应采取持有现金的方式，避免衰退期的投资损失，等待经济复苏时再进入股市；而在经济繁荣期，即使是不懂股市分析而盲目跟进的散户，往往也能从股票投资中赚钱。

下面以沪市上证指数为例进行说明。在2007年10月份之前，受宏观经济乐观数据的影响，上证指数上涨至6124.04点。但是，2007年10月份之后，由于遭到全球金融危机的冲击，上证指数一路下跌，进入2008年下半年之后，政府推出了一系列经济刺激计划，经济开始复苏，上证指数也随之上扬，如图4-2所示。

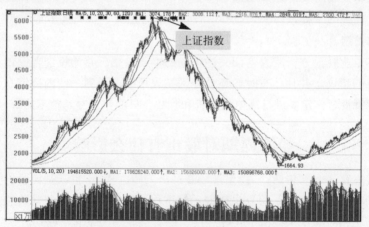

图4-2　上证指数K线图

金融政策对股市有什么影响

金融政策是指中央银行为实现宏观经济调控目标而采用各种方式调节货币、利率和汇率水平，从而影响宏观经济的各种方针和措施的总称。通常情况下，一个国家的宏观金融政策又包括以下三大政策：即货币政策、利率政策和汇率政策。下面分别介绍这些政策对股市的影响。

1. 货币政策

货币政策是中央银行调整货币总需求的方针策略，由于社会总供给和总需求的平衡与货币供给总量与货币需求总量的平衡相辅相成，因而宏观经济调控之重点必然立足于货币供给量。货币政策主要针对货币供给量的调节和控制展开，进而实现诸如稳定货币、增加就业、平衡国际收支、发展经济等宏观经济目标。

货币政策对股票市场与股票价格的影响极大。宽松的货币政策能够扩大社会上的货币供给总量，对经济发展和股票交易产生积极的影响。一般情况下，货币供应量与股票的价格是正比关系，即货币供应量大能使股票价格上升，货币供应量小能使股票价格下降。货币供应太多又将导致通货膨胀，通货膨胀往往带来虚假的繁荣现象，最终使企业的发展受到严重影响。紧缩的货币政策将使社会上货币供给总量减少，从而不利于经济发展，不利于股票交易的活跃。另外，不同的货币政策会对投资者的心理产生较大的影响，这种影响对股市的涨跌也将产生相当大的推动作用，因此，国家经常会使用货币政策对股市进行调控。

2. 利率政策

利率政策是中央银行调整社会资本流通的重要手段。合理的存款利率政策有利于经营存贷业务的银行吸收储蓄存款，集聚社会资本，在一定程度上调节社会资本的流量和流向，从而导致产品结构、产业结构和整个经济结构的变化。

利率调整对于股票市场具有非常重大的意义。一般来讲，当利率下降时，股票的价格就会上涨；当利率上升时，股票的价格就会下跌。因此，利率的高低是投资者买卖股票的一个重要依据。利率对于股票的影响可以分为三个方面：

1）利率变动影响存款收益率，投资者自然就会在股票、储蓄以及债券之间做出选择。当利率上升时，一部分资金可能会从股市流入银行储蓄和债券，从而会减少市场上的资金供应量，减少股票需求，导致股票价格下降；反之，利率下降，股票市场资金供应量增加，股票价格则会随之上升。

2）利率对上市公司经营的影响。公司经营中不可避免地会使用到贷款，利率提高将加重企业利息负担，减少企业的盈利，进而使股票价格下跌。而贷款利率下调则能够减轻企业的利息负担，降低企业的生产经营成本，从而提高企业的收益，促使股票价格的上升。

3）利率变动影响股票的内在价值。股票的内在价值是由资产在未来一段时期内所接受的现金流决定的，与一定风险下的贴现率呈反比关系，如果将银行间拆借、银行间债券与证券交易所的债券回购利率作为贴现率的参考，则贴现率的上扬将会导致股票内在价值的降低，并会影响股票的价格，使之相应地下降。

就短期而言，我国利率的变动对股价的走势之间很难直接判断存在相关性。

利率调整当天和随后的股价波动并不能说明二者之间必然有某种联系。因此，利率和股票市场的相关性必须从长期来把握。实际上，即使是对中长期来讲，利率的升降和股市的涨跌也绝不是简单的负相关关系。股价指数的走势不仅受到利率走势的影响，同时还受到经济增长因素、非市场宏观政策等因素的影响。因此，在看待加息预期对于股票市场的影响时，必须要综合考虑其他相关因素，进行具体分析。

3. 汇率政策

一个国家的汇率政策对于国际贸易和国际资本的流动具有重要的影响。而且，外汇行情与股票价格也是有着密切联系的。通常情况下，如果一个国家的货币基本方针是实行升值，股价就会随之上涨，一旦该国的货币贬值，股价会随之下跌。

财政政策对股市有什么影响

财政政策是除货币以外政府调控宏观经济的另一种基本手段。它对股市的影响也相当大。下面从国债和税收两个方面进行论述。

1. 国债

国债是一个国家中央财政代表政府发行的国家公债，发行国债筹集资金，在一定程度上将使一部分股市资金产生分流，对股票市场产生重要的影响。首先，国债本身是构成证券市场上金融资产总量的一个重要部分。由于国债的信用程度高、风险水平低。一般来讲，传出国债发行的消息，股市就有可能会下跌，投资者最好是卖出股票，进行观望。若国债发行规模较大，股市又处于高位，则下跌空间大；反之，若发行规模有限，股市已在低位，下跌空间不大，未来上升的可能性较大。其次，国债利率的升降变动，还将影响到其他证券的发行和价格。当国债利率水平提高时，投资者就会把资金投入到既安全收益又高的国债上。

2. 税收

税收是财政政策的一种形式，主要通过税种、税率来确定和保证国家的财政收入，调节社会经济的分配关系，满足国家的财力需要，从而促进经济稳定发展和社会的公平分配。

使用税收杠杆可以对证券交易进行调节。不同的税种和税率可以直接影响投资者的税后实际收入水平，从而起到鼓励、支持或抑制的作用。而且，税征收的越多，企业用于发展生产和发放股利的资金越少，投资者用于购买股票的资金也变少，投资者的投资积极性就会下降。相反，适当地减免税和降低税率就能提高企业和个人的投资积极性，从而刺激股市的发展。

如何根据行业发展阶段来选股

行业发展有其自身的生命周期和发展规律，在发展过程中必然要经历若干阶段，每一阶段都会显示出不同的特征。一般来讲，行业的生命周期可以分为开创、增长、稳定和衰退4个阶段，不同阶段具有一些规律性的特征。对于投资者来说，了解行业的发展周期和规律非常有用，可以制定出更加有针对性的投资策略。

1. 开创期

某一行业的开创期，往往是其技术革新的时期，在这一阶段中，该行业可能只有一家或几家公司，竞争不激烈，很容易抢占到市场份额，但由于这个时候的需求还有限，消费者接受程度还比较低，实现的收入往往难以支持公司的发展壮大，所以，这种相对很高的市场份额，并没有太大的实际意义。这一时期的行业技术进步非常迅速，但是投资的风险也相对较大，股价容易出现大起大落的现象。一些通常的基本面分析和估值方法都不适用于这类公司，高回报的同时通常伴随着高风险，投资者如果没有非常大的风险承受能力，最好不要介入这一时期行业的股票。

2. 增长期

当一个新产业的产品经历一段时间的产品研发和完善，并进行大量的宣传之后，消费者会逐渐了解并接受，市场的需求也会随之上升，与需求相适应的供给方也会发生变化，逐渐开始扩大经营，从而进入高速增长阶段。在这一阶段，资金和资源会源源不断地涌入这个行业，继续推动企业做大市场规模。由于有明确的市场前景，在这个阶段竞争对手开始出现，并且在优胜劣汰规律的作用下，市场上生产厂商的数量在大幅度的下降，然后逐渐地稳定下来，行业及行业内企业呈现出良好的局面。目前处于高速增长阶段的企业更容易出现在高科技、生物制药、IT等创造新需求的领域，这类公司的股票就是众多投资者推崇的成长型股票。只要有内外适宜的发展环境，它们就可以持续提供高于市场平均水平的投资回报，因此它们的估值也远远高于市场平均水平。

3. 稳定期

产业的稳定期是一个相对较长的时期。处于这个阶段的行业表现与整个宏观经济的表现趋于一致，此时，在竞争中生存下来的少数大厂商垄断了整个产业的市场，每个厂商都占有一定比例的市场份额，彼此势均力敌，互相制衡，市场份额比例发生变化的程度很小。厂商与产品之间的竞争手段逐渐从价格手段转向各种非价格手段，如提高质量、改善性能和加强售后维修服务等。产业的利润由于一定程度的垄断达到了很高的水平，而风险却因市场比例比较稳定。这一时期公司股价基本上是处于稳定上升的态势。投资者如能在稳定期的适当价位介入，则其收益会随着公司效益的增长而稳步上升。

4.衰退期

行业的周期性发展，有盛就会有衰。此时，由于市场逐渐开始饱和，行业的生产规模扩大开始受阻，行业销售额和利润持续下滑。所以在这一阶段，该行业的股票表现相当平淡或出现下跌，处在衰退行业的上市公司虽然偶尔也会实现业绩增长，一些公司甚至能够通过行业兼并整合赚取最后的利润，甚至短期内还会表现出众，但这都改变不了行业没落的结局，投资者应尽量回避处于这一时期的行业股票。

如何根据市盈率选股

市盈率是某只股票每股市价与每股盈利的比率。市盈率是估计普通股价值的最基本、最重要的指标之一。市盈率低说明股价低，风险小，值得购买；市盈率高则说明股价高，风险大。通常情况下高市盈率的股票大都是热门股，低市盈率的股票大都是冷门股。而且，利用市盈率比较不同的股票价值时，必须是同一个行业内的股票进行对比，每股收益比较相近时，比较才会更有效。不同行业的股票市盈率一般不具备可比性。

市盈率的计算公式是：市盈率＝普通股每股市场价格÷普通股每年每股盈利，该式中的分子是当前的每股市价，分母可以是最近一年的盈利，也可以是未来一年或几年的预测盈利。

例如某股票的市价为30元，而过去一年的每股盈利为3元，则市盈率为30/3=10。该股票被视为有10倍的市盈率，即每付出10元可分享1元的盈利。

但是，使用过去盈利计算当前的市盈率，由于过去的时间比较久，其误差会比较大。因此，可以使用一季报、半年报中的盈利数据来估算现在的市盈率，公式依旧是市盈率＝普通股每股市场价格÷普通股每年每股盈利，但这里的每股盈利计算则为下面的方式：如果已经公布了本年一季度报告，则每股盈利＝一季度每股盈利×4；如果已公布了半年报，则每股盈利＝半年报每股盈利×2；如果已公布了3季报，则每股盈利＝3季报每股盈利/3×4。

例如某股票的市价为30元，而半年报中每股盈利为3元，则市盈率为30/(3×2)=5。该股票被视为有5倍的市盈率，即每付出5元可分享1元的盈利。

如何根据公司财务分析选股

在股票市场中，股票发行企业的经营状况是决定其股价的长期的、重要的因素。而公司的财务报告是投资者了解公司经营状况最直接透明、最客观的信息来源，因此，做股票绝对不能忽视对财务报告的仔细研读和分析。

分析公司财务报告是正确选股的第一步。一家公司从事的业务和生产的产品、销售额和利润率、营运资金状况和资产质量等情况，投资者都可以从财务报告披露的信息中获得。在此基础上，再结合对公司业务及行业成长性前景的判断，以及公司股票当前估值与合理估值水平之比，才能做出正确的投资决定。分析财务报告的重点如下：一是了解公司的营业收入和获利情况，公司的销售额是否增长及增长幅度、毛利率的变动、管理和销售等费用是否合理，这些因素决定了在正常情况下公司的业绩；二是对资产负债表的分析，目的是判断该公司的资产质量和财务状况，这是支持公司业绩扩张和业绩可信度的基础；如果一家公司过去的业绩成长性和利润率都很好，但应收账款过多，或负债率过高，那么该公司的股票风险相对而言也比较大；三是查看公司的现金流量，看一个公司的现金流量是否正常，最重要的是经营性现金流（CFFO）是正还是负，如果CFFO是负数，则是一个危险信号，说明公司只产生了账面利润而没有收回真金白银。财务分析除了主要看这三方面的内容之外，财务附注里的数据和文字说明也是不容忽视的，经常能够揭示出报表里反映不出来的有用信息。

在常用的炒股软件中，可以非常方便地查看上市公司的主要财务指标。例如，在大智慧软件中，在需要查看的某只个股的基本材料页面中单击“财务透视”超级链接，就可以打开“财务透视”页面，如图4-3所示。用户通过这一页面可查看权息状况、资产状况等主要的财务指标，从而对公司的财务状况有一个整体把握。

浦发银行	操盘必读	财务透视	主营构成	行业新闻	大事提醒	八面来风	公司概况	管 理 层
600000	最新季报	股东进出	股本分红	资本运作	行业地位	信息快讯	回顾展望	盈利预测

◆ 财务透视 ◆　　◇万国测评制作:更新时间:2011-04-28◇

主要财务指标	2011一季	2010末期	2010三季	2010中期
基本每股收益　(元)	0.4220	1.6040	1.2930	0.7910
基本每股收益(扣除后)	0.4220	1.5880	1.2780	0.7800
摊薄每股收益(元)	0.4222	1.3365	1.2925	0.7911
每股净资产(元)	8.9950	8.5720	7.1090	6.6110
每股未分配利润(元)	2.1826	1.7603	1.9894	1.4879
每股公积金(元)	4.0875	4.0867	2.1303	2.1336
销售毛利率(%)	51.83	50.29	53.42	51.36
营业利润率(%)	51.83	50.29	53.42	51.36
净利润率(%)	39.87	38.47	41.34	39.91
加权净资产收益率(%)	--	23.27	19.67	12.51
摊薄净资产收益率(%)	4.69	15.59	18.18	11.97
股东权益(%)	5.69	5.61	4.13	4.26
每股经营现金流量(元)	2.7950	-0.3840	-1.7580	-2.4230
会计师事务所意见	未审计	无保留	未审计	无保留
报表公布日	2011-04-28	2011-03-30	2010-10-29	2010-08-30

	2010一季	2009末期	2009三季	2009中期
基本每股收益　(元)	0.4650	1.6210	1.2970	0.8560
基本每股收益(扣除后)	0.4650	1.6100	1.2960	0.8540
摊薄每股收益(元)	0.4650	1.4968	1.1653	0.8555
每股净资产(元)	8.1800	7.6960	8.1950	5.9100
每股未分配利润(元)	2.4147	1.9497	1.7680	1.5269

图4-3　财务透视

如何根据股东变动分析选股

公司大股东有较大的信息优势，有影响公司决策的能力，这些股东的增持和减持行为是非常重要的信号，往往意味着公司经营范围和经营方式将要发生改变。尤其是当庄家知道投资者有可能会通过股东变化情况了解大盘动向时，他们会制造股东人数增加、筹码分散的假象，以此来掩护建仓。因此，细心观察个股的前10名股东持股情况，看看里面有什么变化，往往可以从中发现庄家的动向。

上市公司的年报、中报、配股或增发后的股份变动公告均会公布前10大股东的持股情况，有少数公司在发生股权转让时也会公布新的10大股东持股情况。计算这些流通股股东的持股合计数量占总流通盘的比例，能够大致推测出筹码的集中程度。一般来说，如果前10大股东所占的流通股比率呈显著增加的趋势，表示筹码在迅速集中，该股后期上涨的可能性非常大。

在基本材料页面中单击"股东进出"超级链接，可以打开"股东进出"页面，如图4-4所示。用户通过这一页面可了解大股东进出的情况，例如前十大股东的名称，持股数量，占流通股的比例，增减情况，股本性质等。

华能国际	操盘必读	财务透视	主营构成	行业新闻	大事提醒	八面来风	公司概况	管理层
600011	最新季报	股东进出	股本分红	资本运作	行业地位	信息快讯	回顾展望	盈利预测

◆ 大股东进出　　　　　◇万国测评制作：更新时间：2011-04-20◇

前十名无限售条件股东　　股东人数：154013　　截止日期：2011-03-31
名　称　　　　　　　　　持股数(万股) 占流通股 增减情况 股本性质

	持股数(万股)	占流通股	增减情况	股本性质
1.HKSCC NOMINEES LIMITED	246663.91	69.38%	-5753.90	流通H股
2.河北建设投资集团有限责任公司	60300.00	20.95%	未变	流通A股
3.CHINA HUA NENG GROUP HONG KONG LIMITED	52000.00	14.63%	未变	流通H股
4.HSBC NOMINEES (HONG KONG) LIMITED	51750.04	14.56%	3655.30	流通H股
5.江苏省投资管理有限责任公司	41650.00	14.47%	未变	流通A股
6.福建投资企业集团公司	37446.67	13.01%	未变	流通A股
7.辽宁能源投资(集团)有限责任公司	33291.33	11.57%	未变	流通A股
8.大连市建设投资有限公司	30150.00	10.48%	未变	流通A股
9.南通投资管理有限公司	9218.80	3.20%	未变	流通A股
10.闽信集团有限公司	7200.00	2.50%	未变	流通A股
总　计	219256.80	76.18%		

前十大股东　　　　　　股东人数：149738　　截止日期：2010-12-31
名　称　　　　　　　　　持股数(万股) 占总股数 增减情况 股本性质

	持股数(万股)	占总股数	增减情况	股本性质
1.华能国际电力开发公司	506666.21	36.05%	未变	流通受限股份
2.HKSCC NOMINEES LIMITED	252417.82	17.96%	新进	流通H股
3.中国华能集团公司	156800.12	11.16%	1287.67	流通A股,流通受限股份

图4-4　股东进出

如何选择行业龙头股

投资者根据基本面分析选股方法的基本原则，选择具有竞争优势的行业龙头公司的股票长期持有自然会有很好的回报。而上市公司竞争能力的强弱，与其业务经营情况具有密切的关系。一般来讲，判断上市公司在行业中的地位，可以从以下几个方面入手。

1. 技术水平

公司的技术水平是决定公司竞争地位的首要因素。对技术水平高低的评价主要有硬件部分和软件部分两类。硬件部分如机器设备、研发试验器材等，软件部分如生产工艺水平、专利设备制造技术等。另外，企业拥有多少掌握技术的高级工程师、专业技术人员等也是一个重要因素。如果一家企业在同行业中已经颇具规模，并且能够不断地推陈出新，提供更多更好更先进的产品，来满足消费者不断升级的需求，则说明该企业的竞争能力突出。

2. 市场占有率

市场占有率是指企业所提供的产品在同类产品市场中所占有的份额。公司的市场占有率是利润之源，同时也能充分体现该公司的竞争能力如何。不断地开拓进取，挖掘现有市场潜力并不断进军新的市场，是扩大市场占有份额和提高市场占有率的主要手段。

3. 公司高层管理者的能力

公司经营管理者在管理活动中起着主导性、决定性的作用，应该具有明确的生产经营战略和良好的经济修养，他们需要具备较高的企业管理能力和丰富的工作经验，有清晰的思维和综合分析判断力。公司管理者的素质和能力越高，自然该公司的竞争力就越强。

4. 年销售额或年收入额

年销售额是一年内企业销售货物或者提供劳务向购买方收取的全部价款和价外费用，是衡量一个公司在同行业中竞争地位高低的一个重要标准。年销售额的大小能够明确地显示出企业的规模大小，竞争力的强弱。一般来讲，占总销售额比重较大的公司，都是竞争能力强大的公司，公司的盈利主要来自销售收入，公司的销售额大，其收入也就越大，利润就越多。

5. 销售额的稳定性

稳定的销售收入往往能够带来稳定的盈利，销售额越稳定，投资的风险越小，说明该企业在行业中的竞争力也就越强。

如何选择重组概念股

收购兼并、资产重组是现代企业发展的必然要求，重组股是股票市场中非常重要的组成部分，也是股市中的热门题材。在重组股中常常会出现黑马。

重组股的范围比较大，数量也很多，投资者在选股时主要应该注意以下重组股：

❑ 小盘的重组类个股。小盘股重组的成本通常比较低，更加容易被重组，在实际的操作中，更加有利于庄家使用较少的资金进行控盘和拉抬股价。

❑ 公司情况不断恶化，股价不断大幅下跌并且创出新低时，重组方才有利可图。

❑ 重组方的实力非常重要，将影响股价后市的上升空间和潜力。特别要关注因国有股权的转让而给上市公司带来资金重组机遇的个股。

❑ 股价处于低位，特别是在熊市中曾经严重超跌，而目前却涨幅不大的个股。以前有过涨幅翻几番的重组股，大都是从股价较低时开始发动的。

❑ 关注那些业绩差、年度收益最多是微利的重组股。上市公司越是亏损或者是面临着被特别处理及退市等情况时，就越容易被重组。

❑ 股权转让是重组的前奏。新股东以转让股权的方式成为第一大股东，表明重组已开始。

例如，*ST偏转2011年3月28日公布资产重组预案，拟定向增发收购山西炼石矿业100%股权，主营业务也转型为钼矿开采。*ST偏转在公告复牌之后，连续拉出8个涨停，如图4-5所示。

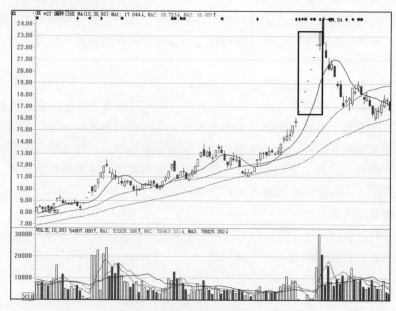

图4-5　*ST偏转

如何根据公司重大事件选股

公司发生的重大事件对公司的经营管理经常会产生重要的影响，使上市公司的经营业绩发生变化，而且常常成为股票炒作的题材，导致股价的涨跌。企业中常见的重大事件有以下几种。

1. 公司订立重大合同

公司订立重大合同，在合同中可能对公司的资产、负债、权益和经营成果中的一项或多项产生显著影响。公司如果发布订立重大合同的信息，也会给股价带来极大的利好，使股票得到不小的涨幅。

在合同中，最常见的是关于产品或劳务的销售合同。在企业生产经营中，最重要的是要保证所生产的产品或提供的劳务有销路。销售合同的订立保证了在今后一段时间里产品或劳务的销路，保障了营业收入的取得，使企业的生产、销售能够延续，从而保障企业的生存与发展。

例如，2010年5月11日，东方园林与大同市城市园林绿化建设管理服务中心签订文瀛湖项目景观工程重大合同，合同总金额高达12亿元。此项合同的签订将对公司今后3年的业绩造成积极的影响。当日该股开盘即告涨停，并在随后的日子也走出了不少的涨幅，如图4-6所示。

图4-6　东方园林K线图

2. 股东大会及决议

在股东大会上，一般要重新选举董事会成员和监事会成员，这些高级管理人员的变动，总是会影响到公司的经营风格和管理水平。而股东大会的有关决议，如对董事会的授权、对投资项目的改变、有关增资扩股和利润分配方案等，也将影响到公司投资者的切身利益。因此，股东大会过后，总是会对股价产生影响。

例如，2011年5月23日，劲嘉股份披露年度股东大会决议公告，二股东太和实业增加的"10转10派4"的临时提案被否决。该股当日股价一泻千里，截至收盘，劲嘉股份报收9.48元/股，全日跌幅达8.41%，如图4-7所示。

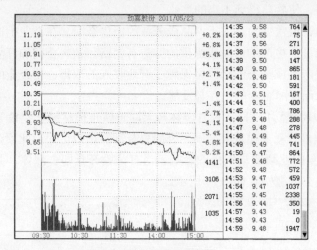

图4-7 劲嘉股份K线图

3. 公司发生重大的投资行为

公司所发生的重大投资行为，是为了获得更好的投资收益，从而使公司的业绩出现增长，将影响到股东权益的变化。看此类公告需注意其对外投资的项目是什么，未来的发展如何。倘若投资失败，还会减少公司的净资产，使每股股票的净资产降低。

例如，2011年5月24日，神马股份发布公告称，公司拟定增13.48亿元购买尼龙化工、工程塑料公司等4公司股权。受此消息刺激，当日该股复牌涨停，如图4-8所示。

4. 公司生产经营环境发生重大变化

公司的经营环境发生重大变化后，将对公司的经营产生影响。如公司搬迁到开发区或转移到开发区注册，这将使公司享受所得税优惠，从而影响公司的税后利润留存。如公司所在行业整体处于上升期，而原材料价格下跌，对整个行业形成利好。

图4-8 神马股份K线图

例如，2011年一季度中国纺织服装累计出口额同比增长25.6%，棉价回落至24 600元/吨左右，对服装企业形成明显利好。通胀率逐步回落，服装后续销售量不致受到挤压。出口将受到退税、产品价格上涨以及产业向东南亚转移等多方影响，预计全年增速15%左右，服装企业今年高增长确定性较大。

5. 新颁布的法律、法规、政策、规章等

公司的经营除了受经营水平、经营环境等的影响外，相关的法律、法规也将对公司运营产生影响。例如，近期部分地区出现电荒，发改委预警今年电力供需将偏紧，很多企业从3月份开始就接到当地电力部门的限电指示。限电对水泥企业、钢铁企业盈利将产生一定的不利影响，但是对水电公司业绩将会产生有利的影响。因此，低估值且具有成长性的水电公司和具有新能源概念的电力公司类股票将会有较好的业绩表现。

例如，上海电力在2011年3月31日至2011年5月3日之间的走势如图4-9所示，该股在成交量的配合下，以几乎是涨停的走势急速进行拉升，短短1个月时间，就从4.30元拉升到6.16元。

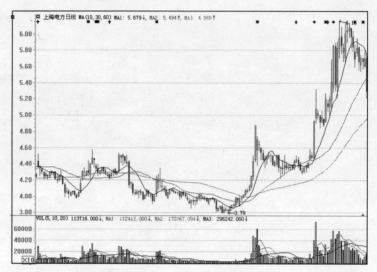

图4-9　上海电力K线图

第 5 章

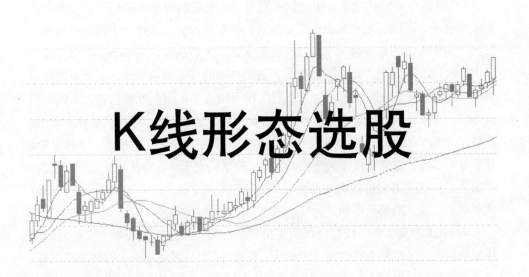

K线形态选股

K线图具有直观、立体感强、携带信息量大的特点，能充分显示出股价走势的强弱、买卖双方力量平衡的变化，其最基本的作用是帮助投资者寻找买点和卖点。将多根K线按照不同的规则组合在一起，可以形成不同的K线组合，这样的K线形态包含的信息更加丰富，对投资的帮助更大。不同的投资者面对同样的K线图，对其领悟会各有不同，要想成为个中高手，必须经过长期仔细观察，认真分析，才能识别出行情所处的位置，挑选出表现非凡的强股。

K线图有哪些重要的含义

K线就是一条柱状线条，用来记录股票一天之间的价格变动情况。它由影线和实体组成，影线用来表示当天交易的最高价和最低价，实体上方的部分称为上影线，实体下方的部分称为下影线。一般来讲，上影线长，表明当天的空方力量强大，股价上升的阻力大；下影线长，表明当天的多方力量强大，股价下跌时遇到的支撑力强。K线的实体可以分为阳线和阴线两种，阴阳分别代表着不同的趋势方向，如果当天股票的收盘价大于开盘价，就会显示阳线，说明买盘比卖盘大，此时，股票供不应求，会导致股价的上扬；如果当天股票的开盘价大于收盘价，就会显示阴线，说明卖盘比买盘大，这时，股票供大于求，容易导致股价的下跌。而实体大小代表着股价的内在动力，K线的实体部分越大，其上涨或下跌的趋势就越明显，反之趋势则不明显。

K线图是将每天的K线按时间顺序排列在一起，用来记录股票一段时期的价格变动情况，又被称为蜡烛图、阴阳线、棒线等。K线图是以交易时间为横坐标，价格为纵坐标，如图5-1所示。按时间K线图可以分为日K线图、周K线图、月K线图，还可以分成60分钟、30分钟、15分钟、5分钟、1分钟等不同周期。周K线图是指以周一的开盘价、周五的收盘价、全周最高价和全周最低价画出的K线图。月K线图是以每个月的第一个交易日的开盘价，最后一个交易日的收盘价和全月最高价与全月最低价画出的K线图。通过K线图，投资者可以非常方便地将每日或某一周期的市场情况记录下来，然后从这些形态的变化中研究出一些有规律的东西，从而指导自己的投资方向。

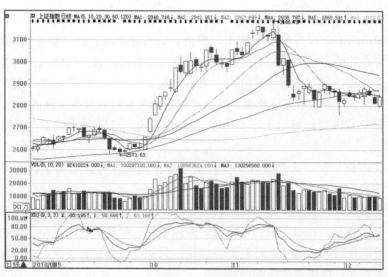

图5-1　K线图

什么样的K线具有重要分析价值

　　阳线和阴线根据股票价格的不同取值，又可以衍生出不同的状态，分别代表不同的市场含义。弄清楚阳线和阴线的形态及其所代表的市场含义，对正确分析股票的价格走势有着至关重要的作用。下面对一些具有重要分析价值的K线进行具体介绍。

　　1. 带上下影线的阳线

　　这种阳线的表现为收盘价高于开盘价，全天还出现过比开盘价低的最低价，比收盘价高的最高价。开盘后价位曾经下跌，但是遇到买方的支撑，双方经过争斗之后，多方力量逐渐增强，将价格不断抬高，然后在高位出现获利回吐，最终在最高价收盘，总体看来，多方占据一定优势。

　　根据上下影线及实体的不同又可分为以下几种情况，如图5-2所示。

　　❑ 实体长，表示高位虽有阻力，但多方优势非常明显，后市上涨的可能性比较大。

　　❑ 上影线长，表示高位阻力强，后市难以逾越。

　　❑ 下影线长，表示低位承接力较强，如果此时股价在低位，后市看好；如果此时股价在高位，只能说明短期有支撑，需要进一步观察，才能做出决策。

2. 带上下影线的阴线

这种阴线的表现为收盘价低于开盘价，全天还出现过比开盘价低的最低价，比收盘价高的最高价。在交易过程中，股价曾经有过拉升，价格高于开盘价，但股价临近高位，多方不愿继续追涨，卖压逐渐加大，导致股价下跌，虽然在低位遇买方支撑，没有以最低价收盘，但全天的股价收盘较开盘是下跌的。总体看来，空方占据一定优势。根据上下影线及实体的不同，可以分为以下几种情况，如图5-3所示。

❏ 实体长，表示低位略有支撑，空方占据相对优势，后市下跌的可能性比较大。

❏ 上影线长，表明在高位受到的阻力比较大，后市下跌的可能性比较大。

❏ 下影线长，表明低位的承接力较强，如果此时股价处于低位，后市上涨的可能性较大；如果此时股价在高位，只能说明短期有支撑，总体形势还不太乐观，投资者要谨慎对待。

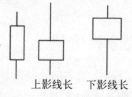

图5-2 带上下影线的阳线

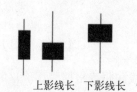

图5-3 带上下影线的阴线

3. 大阳线和大阴线

这里说的大阳和大阴是指K线的实体部分。按照当天股票的开盘价与收盘价的波动范围不同，可将K线分为极阴、极阳、小阴、小阳、中阴、中阳、大阴和大阳等线形，它们一般的波动范围如图5-4所示。其中极阴线和极阳线的波动范围在0.5%左右；小阴线和小阳线的波动范围一般在0.6～1.5%之间；中阴线和中阳线的波动范围一般在1.6～3.5%之间；大阴线和大阳线的波动范围在3.6%以上。

大阳线代表着强势，一般情况下，出现大阳线都是好兆头，表示上涨的趋势将延续，当K线图中出现了大阳线之

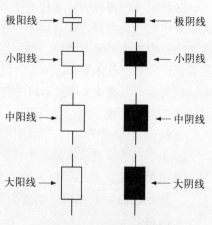

图5-4 不同类型的K线

后，基本上可以说明多方力量占据优势，后市上涨的可能性比较大。例如冠城大通在2010年9月30日出现了大阳线，随后几日出现连续上涨的走势，如图5-5所示。但是，如果是出现在股价连续上涨以后的加速上涨过程中，则可能是见顶信号，投资者应该逢高减仓。

图5-5　大阳线

大阴线代表着弱势，在一段大的涨幅之后，K线图上出现大阴线，意味着市场杀跌能量加大，后市下跌的可能性较大，投资者应该逢高减仓。例如特变电工在2010年1月22日出现了大阴线，随后几日出现连续下跌的走势，如图5-6所示。而且，股价刚开始下跌时就出现大阴线，是对跌势的一种确认，起到了助跌作用，表明后市将下跌。如在下跌趋势中间出现大阴线，则表明后市仍有下跌空间。如在连续大幅下跌的情况下出现大阴线，则可能是股价见底信号。

图5-6　大阴线

4. 十字星、T字形和一字形

十字星也称十字线，是一种只有上下影线，没有实体的K线图，如图5-7所示。在交易中，股价出现高于或低于开盘价成交的情形，但收盘时，价格又回到开盘的起点，多方与空方实力可谓势均力敌。对比上下影线的长度，上影线越长，表示卖压越重，顶部将到来；下影线越长，则表示买盘较多，底部将到来。

T字形可以分为T字形和倒T字形，是十字星只带上影线或下影线的特殊形态。T字形表示全天的开盘价、收盘价与最高价处于相同的一个价位，最低价又小于这个价位。倒T字形与T字形完全相反，是全天的开盘价与收盘价与最低价处于一个价位，最高价大于这个价位，如图5-8所示。

T字形表示股价在开盘后一度回落，在开盘价以下的价位成交，但多方力量转强，尾市又以当天最高价收盘，后市对多方有利。如果股价在底部区域，则为明确的见底信号，行情即将回升。

倒T字形表示股价开盘后一度冲高，在开盘价以上的价位成交，多方不断发力，但能量慢慢枯竭，空方逐渐占据优势，尾市以当天最低价收盘。后市对空方有利，如果在高价区出现，则为明确的见顶信号，行情将转趋下跌。

一字形的开盘价、收盘价、最高价及最低价完全相同，如图5-9所示。一字线表示全天的股价没有任何波动起伏，从开盘到收盘一直被牢牢封在涨停或压制在跌停的位置。说明市场上极度看好或看空该股，使交投非常不活跃。这种情况下，多空势力可谓一边倒，后市将延续前面的升（跌）势。

图5-7　十字星　　　　　　　图5-8　T字形　　　　　　　图5-9　一字形

红三兵与黑三兵的区别

红三兵是一个典型的买入信号，而黑三兵是典型的卖出信号，准确地对两者进行区分，对投资者做出正确判断非常有帮助。红三兵一般指在连续阴线后连续拉出三根阳线，每天的收盘价高于前一天的收盘价，实体部分一个比一个长，并且开盘价在前一天阳线的实体之内，收盘价在当天的最高点或接近最高点，如图5-10所示。

红三兵的出现往往预示着后市看涨。例如黄山旅游在2010年7月19日到2010年7月21日的K线走势图中就出现了典型的红三兵信号，连续三天的K线都是阳线，并呈现收盘价一个比一个高，实体一个比一个长的现象，如图5-11所示。在出现红三兵之后出现了一段不错的上升行情。

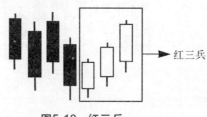

图5-10　红三兵

如果红三兵形态出现在市场底部，说明市场发出了强烈的反转信号，多方力量已经逐渐占据了优势，随后的股价将会逐步拉升。如果红三兵形态出现在较长时间的横盘之后，并且伴随着成交量的放大，则说明一波涨势即将启动。但是，如果是在上涨行情的末期，处于相对高价的区域，出现红三兵则不再具有持续上涨的研判意义。

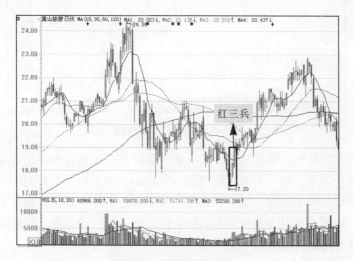

图5-11　黄山旅游K线图

黑三兵也叫"绿三兵"，与红三兵相反，一般指在连续阳线后连续拉出三根小阴线，并且每天的开盘价和收盘价依次是一根K线比一根K线低，如图5-12所示。

黑三兵在行情上升时，尤其是在个股有了较大涨幅之后，股价处于高位的时候出现，说明行情即将转为跌势。例如济南钢铁在2010年2月26日到2010年3月2日的K线走势图中就出现了典型的黑三兵信号，之后展开了一波下跌的走势，如图5-13所示。

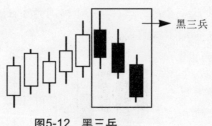

图5-12 黑三兵

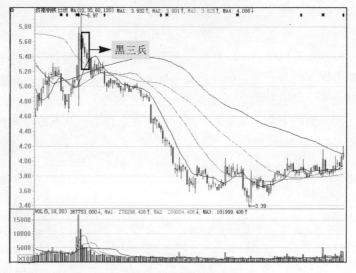

图5-13 济南钢铁K线图

投资者在交易中如果看见黑三兵形态，最好是在该形态确立之后清仓，离场观望。通常情况下，第一天多为观望期，此时的市场走势还不明朗，市场信心不强烈，对后市把握不太大。第二天，黑三兵形态已经基本成型，投资者已经可以适度减仓，止损点可以设置在重要的阻力区之上。第三天，黑三兵形态已经完全确立，投资者应该坚决离场。

早晨之星与黄昏之星的区别

早晨之星和黄昏之星也是相对应存在的两种不同的K线形态。早晨之星顾名思义象征着希望，预示后市将会上涨，为买进信号；而黄昏之星则意味着黑夜即将到来，是后市下跌的信号。下面进行具体的分析。

早晨之星是由三根K线组成的，在下降趋势中首先会出现一根抛压强劲的大阴线，第二天，股价出现跳空向下的现象，但全日跌幅有限，并出现少许回升，表现为实体较短的K线，第三天，则是出现一根大阳线，且其实体至少要切入第一条阴线实体的1/2处，如图5-14所示。

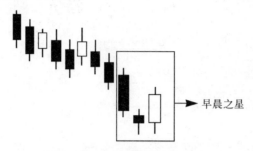

➤ 早晨之星

图5-14 早晨之星

通常情况下，早晨之星的K线形态出现在下降趋势的末端，是比较强烈的趋势反转信号。例如万东医疗在2010年7月15日到2010年7月19日的K线走势图中就出现了典型的早晨之星信号，之后展开了一波迅猛的涨势，如图5-15所示。

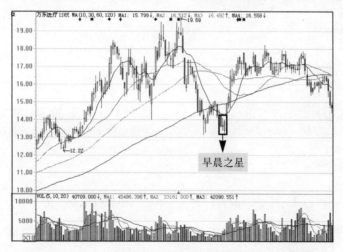

图5-15 万东医疗K线图

与早晨之星相反，黄昏之星是典型的顶部反转形态，通常出现在股价大幅上涨之后。黄昏之星同样由三根K线组成，在上升趋势中某一天出现一根大阳线，第二天，股价跳空向上，往往是一个带上下影线的小实体（阴、阳均可），第三天，出现一根大阴线，且其实体至少要切入第一条阳线实体的1/2处，如图5-16所示。

出现黄昏之星意味着一轮上涨行情已经结束，投资者需要尽快择机离场。例如澄星股份在2010年4月6日到2010年4月8日的K线走势图中就出现了典型的黄昏之星信号，之后展开了一波不小的跌势，如图5-17所示。

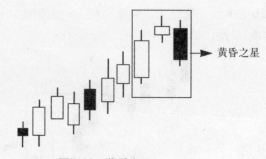

图5-16　黄昏之星

图5-17　澄星股份K线图

上升三部曲与下降三部曲的区别

上升三部曲和下降三部曲都是由大小不等的5根K线组成，但是两者有着非常显著的区别。下面进行具体的介绍。

上升三部曲出现在上升的途中，是一根大阳线或中阳线之后接3根较小的阴线，再接一根大阳线或中阳线的组合。其中的3根小阴线均处于第1根阳线的价格范围之内，其走势有点类似于英文字母的"N"，如图5-18所示。

出现这种组合形态表明，主力在发动行情之前先拉出一根大阳线进行试盘，接着以连续出现的小阴线进行洗盘，清除浮筹，但是，连接的几个阴线都不能将股价推到第1根K线的开盘价之下，并随后又出现了一根大阳线，说明多方力量强势，上升的行情即将拉开帷幕。例如乐凯胶片在2010年7月22日到2010年7月28日的K线走势图中就出现了典型的上升三部曲组合形态，随后出现了一波上涨的行情，如图5-19所示。

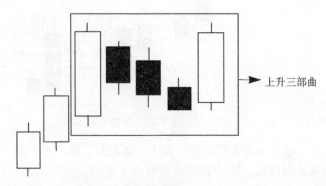

图5-18 上升三部曲

图5-19 乐凯胶片K线图

提示：投资者见到这种K线组合之后，不要被中间的三连阴K线迷惑，而要注意观察股价的下一步走势，只要发现股价向上运行并伴随成交量的放大就要积极跟进做多。

下降三部曲通常都是出现在下降趋势的途中，是一根大阴线或中阴线之后接3根向上攀升但是实体较小的阳线，再接一根大阴线或中阴线的组合。其中的3根小阳线均处于第1根阴线的价格范围之内，后面出现的一根大阴线或中阴线把前面3根小阳线全部或大部分吞吃掉，如图5-20所示。

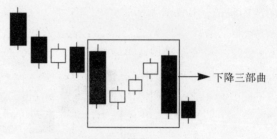

图5-20　下降三部曲

出现该组合形态表明，股价处于下跌趋势，虽然多方竭力向上突破，但由于空方力量比较强大，多方在空方的打击下无力反击，例如弘业股份在2010年5月11日到2010年5月17日的K线走势图中就出现了典型的下跌三部曲组合形态，随后股价进一步向下滑落，如图5-21所示。投资者最好是减仓操作或者空仓观望。

在实际的操作过程中，在K线图上很难找到标准的上升三部曲或是下降三部曲图形，它们中间所夹的小阴线和小阳线很有可能是3根以上的，这些都是上升三部曲或下降三部曲的变异图形，投资者如果发现类似的图形，可以根据具体的情况灵活操作。

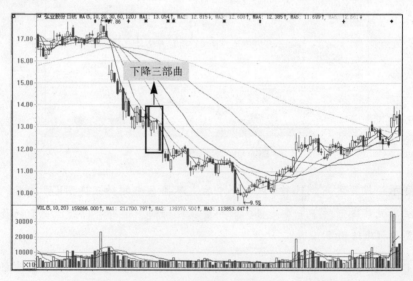

图5-21　弘业股份K线图

曙光初现与乌云盖顶的区别

曙光出现和乌云盖顶都是由两根阴阳K线组成，但是出现的位置不同，在大盘或个股的下跌途中出现曙光初现的K线组合，表明股价很有可能见底回升，此时，投资者应该抓住有利时机进行逢低建仓。在涨势中出现乌云盖顶K线组合说明可能升势已尽，投资者则应该尽早离场观望。下面进行具体分析。

曙光初现K线组合的第一根K线为大阴线，第二根K线为大阳线，向下跳空低开，并且其收市价在第一根实体的一半之上，如图5-22所示。

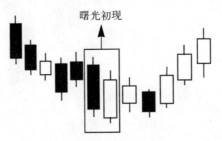

图5-22 曙光初现

出现该组合形态表明，在一段持续下跌的行情中，整体的下跌动能已经开始消退，但卖方依然想再创新低，故意打压价格。例如广汇股份在2010年6月18日到2010年6月21日的K线走势图中就出现了曙光初现的组合形态，如图5-23所示。曙光初现形态第一天疲弱的阴线加强了这种预期。第二天市场以向下跳空开市，但是随即出现大量买盘，促使价格上扬，最终收出大阳线，后市上升的可能性加大，是投资者逢低入市做多的一个机会。

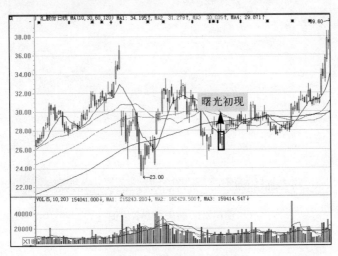

图5-23 广汇股份K线图

乌云盖顶这种K线组合形态属于顶部反转形态，一般出现在一段上升趋势之后。该形态的第一根K线是大阳线，第二根为大阴线，并且其收市价应该超过第一根大阳线实体一半以上。如果大阴线全部吞噬前一天的大阳线，就是看跌吞没形态，意味着股价见顶的可能性更强，如图5-24所示。

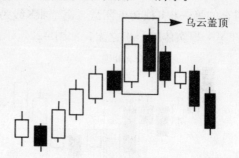

图5-24　乌云盖顶

出现该组合形态表明，在一段上升的行情中，某一天出现了一根大阳线，接下来的一天市场向上跳空，然而股价并没有继续上涨，收市价在当日最低处，收出一根大阴线，并明显地扎入前一天的实体内部，说明市场上升动力耗尽，后市将会形成下跌。例如航天信息在2010年4月22日到2010年4月23日的K线走势图中就出现了乌云盖顶的组合形态，如图5-25所示。后市随即展开了一轮迅猛的下跌。

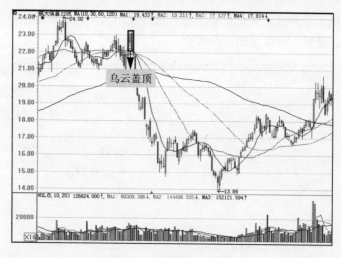

图5-25　航天信息K线图

孕线与抱线的区别

孕线由两根K线组成，第一根K线实体较长，可以是阴线，也可以是阳线。

第二根K线的实体相对第一根K线来讲要短一些，且后一根K线的最高价与最低价均不能超过前一根K线。从图形上看，后一根K线就像是前一根K线怀中的胎儿一般，因此，被形象地称为"孕线"。一般来讲，孕线有3种形态：一是前一根是长阳线，后一根是短阴线，称为阳孕阴孕线，简称"阴孕线"；二是前一根是长阴线，后一条是短阳线，称为阴孕阳孕线，简称"阳孕线"；三是前一条是长阳线或阴线，后一条是十字星线，称十字星孕线，简称"星孕线"，如图5-26所示。

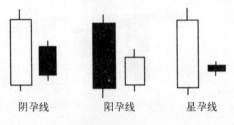

阴孕线　　　　阳孕线　　　　星孕线

图5-26　孕线

　　孕线的出现，往往预示着市场已经进入多空平衡状态，市场上升或下跌的力量已经开始衰竭，随之而来的很可能是转势。一般情况下，在上升趋势的顶部出现孕线，表明将会有一波中级以上的调整；在下跌趋势的底部出现孕线，表明可能会有一波中级以上的上涨行情。特别是当股价一旦收于第一根线最高点之上，就说明形态反转已得到确认，投资者可以放心大胆地介入。

　　例如，空港股份在一波大跌之后，于2010年6月30号收出一根大阴线，次日收出一根小阳线，从形态上看就是一个阴孕阳组合形态，如图5-27所示。第三日又收出了一个长阳线，有力地证明了组合形态意义的可信性，行情也随之得到转势。

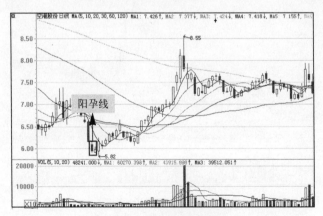

图5-27　空港股份K线图

　　抱线，也称之为穿头破脚、吞并线或者包线，是见底信号中最常见的一种，预示着反转行情的出现。抱线的形态与孕线的形态相反。它也是由两根K线组成，前一根K线的实体较短，后一根K线的实体相对前一根K线来说要长一些，从图形上看，后一根K线完全包住了前面的K线，就像是一个人抱着一个孩子一般，因此，被形象地称为"抱线"。抱线的种类通常有以下两种，一种为阴抱阳抱线，其形态为左边小阳线，右边大阴线，另一种是阳抱阴抱线，其形态为左边小阴线，右边大阳线，如图5-28所示。

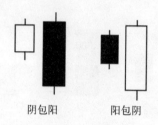

阴包阳　　　　　　阳包阴

图5-28　抱线

一般说来，无论是底部，还是顶部的抱线，都表明市场即将出现转势，底部抱线是股价回升的信号，顶部抱线是股价见顶回落的信号。

抱线往往出现在下跌趋势的末端，有时也会出现在整理形态即将结束时。在下跌趋势的末端出现说明空方力量即将衰竭，出现在整理形态的末端，则说明是最后的洗盘。例如，龙元建设在底部盘整一段时间之后，于2010年9月29号收出一根小阴线，次日收出一根长阳线，形态上看是一个阳抱阴组合形态，如图5-29所示。随后行情得到了转势，有了一波不小的涨势。

图5-29　龙元建设K线图

顶部抱线是股价见顶回落的信号，但是投资者需要注意的是，出现抱线也可能是庄家的一种震仓手法。在大市比较低迷时，有的庄家往往会利用这种走势和人气状况进行建仓，随着该股天天收阳，出现了非常可观的涨幅局面，自然会吸引大量的跟进者。此时，庄家为了震出跟风盘，就会采用这种震仓之法进行洗盘。例如，中国重工在市场一片强烈看涨之时，却在2010年9月8日出现一个小阳线，第二天出现一根长阴线，呈现典型的阴抱阳形态，如图5-30所示。提示转势趋势明显，并且在随后出现了连续的阴线，部分追涨散户套牢。但是从后期该股的走势可以发现这次的操作只是庄家震仓的手法而已。经过短暂的震仓之后，股价又开始大幅拉升。

图5-30　中国重工K线图

什么是T字线、倒T字线和一字线

　　T字线是指开盘价与收盘价相同，且均为时段内的最高价，并且存在一个全天最低价，因此显示在图形上就没有实体，没有上影线，只有下影线，形状像一个T字。倒T字线的开盘价与收盘价相同，且均为时段内的最低价，存在一个全天最高价，故没有实体，没有下影，只有上影，状如一个倒立的T字。一字线是指开盘价、收盘价、最高价及最低价完全相同，没有上、下影线，就像一个一字一样，T字线、倒T字线和一字线分别如图5-31所示。

　　出现T字形K线说明股价在开盘后一度回落，在开盘价以下的价位成交，但多方力量转强，尾市又以当天最高价收盘，后市对多方有利。如果股价在底部区域，此有为明确的见底信号，行情即将回升。例如南方航空在2010年7月2日的K线走势图中就出现了典型的T字形，说明多方力量打败空方力量，开始占据优势，随后出现了一波上涨的行情，如图5-32所示。

图5-31 T字线、倒T字线和一字线

图5-32 南方航空K线图

出现倒T字形K线说明股价开盘后一度冲高，在开盘价以上的价位成交，多方不断发力，但能量慢慢枯竭，空方逐渐占据优势，尾市以当天最低价收盘。后市对空方有利，如在高价区出现，则为明确的见顶信号，行情将转趋下跌。例如浙江广厦在2010年4月2日的K线走势图中就出现了典型的倒T字形，说明空方力量打败多方力量，开始占据优势。随后从2010年4月2日一直到2010年7月1日都处于持续下跌的行情，如图5-33所示。

出现一字形K线说明全日股价只在一档价位成交，说明市场极度冷清。另外就是股价开盘至收盘一直处于涨、跌停的状态，K线图上也会出现"一"字形。这种情况下，多空势力可谓一边倒，后市将延续前面的升（跌）势。例如*ST黑化在2010年12月31日出现一字形K线，一直持续到2011年1月24日的K线走势图中都是一字形，同时伴随着极低的成交量，后市延续前期的升势，如图5-34所示。

图5-33 浙江广厦K线图

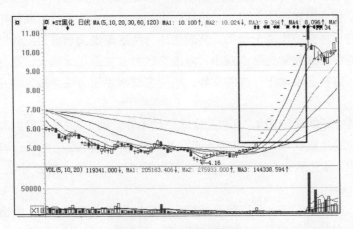

图5-34 *ST黑化K线图

上升三角形和下降三角形的区别

　　上升三角形通常出现在上升趋势中，是在前期股价上涨的前提下，为防止跟风盘而进行的一种整理形态，上升三角为底部形成上升趋势线，而高位峰值部形成水平趋势线。形成的时间多在价格趋势走强时，由于股价涨幅达一定水平时，是在前期股价上涨的前提下，为防止跟风盘而进行的一种整理形态，卖方在其特定的股价水平不断抛售出货，每到理想的出货水平便卖出，这样在同一价格的抛售形成了一条水平的压力线。买方力量很强，每当股价回落到一定的低点，便迫不及待地购进，从而形成一条向右上方倾斜的支撑线。上升三角形从图形显示出股价更强烈的上升意识，简化图形如图5-35所示。

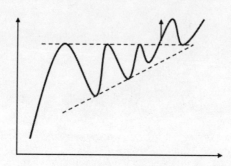

图5-35　上升三角形简化图形

上升三角形在突破上方水平压力线时，为一个短期买入信号，因为，先买进者在某一特定目标价位进行获利了结动作，因此从短线来看，股价到达某个特定价位之后，便会出现压力。但是，持续向上的走势使底部价格不断被抬高，多方同时也看好后势而不愿杀低卖出，从而使压力线逐渐变为水平，上升三角形在形态形成过程中，成交量会逐步减小，向上突破时成交量有效放大，通过不断震荡换手后，买方将会发动下一波的攻势，股价突破水平压力线之后，将开始另一波上涨。

例如潞安环能从2010年7月初股价就开始上升，到了7月底该股的股价进入了相当长时间的盘整状态，并且在由水平线及上升趋势线构成的上升三角形中波动，一直到10月8日之后，在成交量放大的配合下突破水平线，展开另外一波升势，如图5-36所示。

下降三角的形成与上升三角正好相反，它也是多空双方在某个价格范围内的较量，空方在特定的价格水平不断地出货，但在股价还没回升到上次高点时便又被抛出，而多方坚守着某一价格的防线，使股价每回落到该价位便获得支持。从而形成一条向右下方倾斜的压力线，而低点则在一条水平线上，下降三角在多空双方不断地换手之后，整个价格趋势仍不断向下，说明空方仍然占据着优势。最后在多方失去信心后股价发生突破，开始另一波下跌趋势，简化图形如图5-37所示。

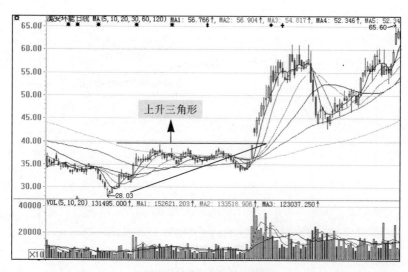

图5-36 潞安环能K线图

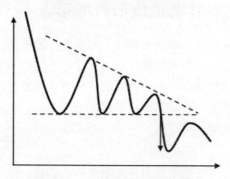

图5-37 下降三角形简化图形

下降三角形在突破下方水平支撑线时为一个短期卖出信号。不过，上升三角形在向上突破时必须有成交量的配合，而下降三角形在向下突破时却不一定要有量的配合。

例如华电B股，股价在2009年12月份一波下跌之后受到支撑，然后股价在由水平线与下降趋势线构成的下降三角里盘整，到了2010年4月16日空方终于打破平衡，股价展开另外一波跌势行情，其形态显示如图5-38所示。

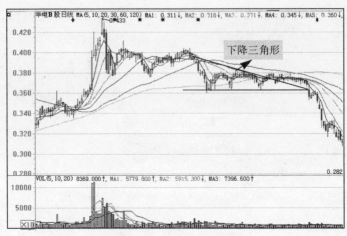

图5-38　华电B股K线图

什么是旗形整理形态

旗形走势的形态就好像一面挂在旗杆上的旗子，股价经过一个稍微与原趋势运行呈相反方向倾斜的平行四边形整理运动，是标准的持续整理形态。它的形态方向正好与原有的趋势相反，这是识别它的一个重要特点。例如原有的趋势方向是上升，则旗形形态的方向就是下降。根据走势的不同，旗形可以分为上升旗形形态和下降旗形形态两种。

1. 上升旗形

上升旗形是在股价经过陡峭的飙升后形成一个旗杆，成交量放大之后，股价受阻回落，然后进入一个狭窄、有些向下倾斜的价格密集区，如果将这一价格密集区的高点和低点连接起来，能够形成两条平行并有些下倾的直线，和旗杆连在一起看起来就像一面旗子似的。旗形形态内的成交量快速萎缩，股价小幅回调后便开始反弹，反弹没有突破前面的高点就会开始回落，如此反复，股价不断下移，形成标准的旗形形态。但是，一旦完成旗形整理，向上突破时，会伴随大的成交量，其突破的升幅和旗杆的长度大致相同，上升旗形形态的简化图形如图5-39所示。

旗形整理时间不会太长，安全时间在5至10天左右，15～20天为警示区；如果整理时间大于20天，投资者要小心突破将会演变为反转形态。在股价上升的趋势中出现旗形形态，通常能够引发下一波的大涨。因此，投资者在上升趋势中遇到旗形则应及时买进。例如皖维高新于2010年12月底至2011年1月中旬，股价完成了一次快速拉升，之后股价转入短暂的调整。在调整的7个交易日内，股价进入一个紧密、狭窄和稍微下倾的价格密集区域，并在两条平行趋势线间来回运行，这期间交易量逐渐萎缩，在2011年1月26日，该股放量突破成功，股价开始新一轮快速上涨，如图5-40所示。

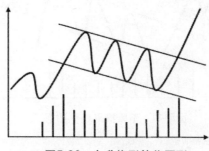

图5-39 上升旗形简化图形

图5-40 皖维高新K线图

2. 下降旗形

下降旗形则相反，当股价出现急速或垂直的下跌后形成旗杆，接着形成一个波动狭窄而又紧密，有些上倾的价格密集区域，形成旗面。整理期间价格指数会不断上升，但成交量却不会随之放大，形成量价背离的情形，下降旗形的简化图形如图5-41所示。

在股价的下跌趋势中出现旗形整理，向下突破，往往能够引发一波新的大跌走势。投资者应及时出局，以免套牢。例如双良节能于2010年11月23日开始展开下跌趋势， 2010年12月10股价转入短暂的调整，出现了回暖的假象，在调整的9个交易日内，股价进入一个向上倾斜的价格密集区域，并在两条平行趋势线间来回运行，这期间成交量并没有随之上升，形成量价背离。果然，从12月23日开始，该股向下突破，展开一段快速的下跌，如图5-42所示。

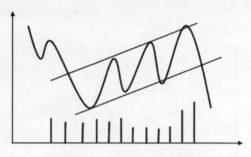

图5-41 下降旗形简化图形

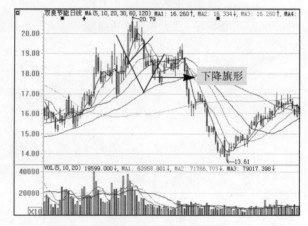

图5-42 双良节能K线图

什么是矩形整理形态

矩形，可以分为上升矩形和下降矩形两种，是指股价在两条平行线之间上下波动形成的一种形态，因为该整理形态类似一个箱子，又称箱体。矩形在其形成过程通常能够演变为三重顶或三重底形态。矩形整理形态的整理周期在时间上属于中期整理，它的形成时间要比三角形、旗形等整理形态都长，一般至少在30个交易日以上。矩形形态在大多数场合中是以整理形态出现的，但有些情况下，矩形也可以作为反转形态出现，这需要投资者区别对待。当矩形是整理形态时，矩形有效突破后股价会按照原有的趋势运行；当矩形是反转形态时，矩形有效突破后，股价会按照相反的趋势运行。

1.上升矩形

在上升趋势中，当股价的收盘价向上突破了矩形上边的压力线，有一定的涨幅，一般为超出矩形整理形态最高点的3%左右，同时伴随成交量放大的情况，可以看做是矩形有效向上突破，为上升矩形，简化图形如图5-43所示。

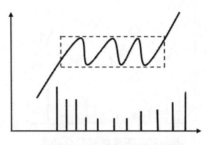

图5-43　上升矩形简化图形

当矩形有效向上突破的时候，通常会吸引大量的新买盘介入，从而展开一轮新的上升行情，股价的涨幅至少应是矩形的高度，这时投资者应持股待涨或逢低吸纳。例如美的电器从2010年11月初到2011年2月初长达3个月的时间中股价一直处于盘整状态，在矩形区域中上下波动，到2010年 2月10日，该股向上突破矩形盘整形态之后，股价开始大幅上涨，如图5-44所示。

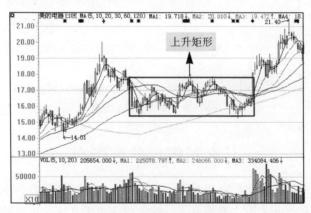

图5-44　美的电器K线图

2. 下降矩形

在下降趋势中，当股价向下跌破矩形下边的支撑线，并有明显的跌幅，一般为低出矩形整理态3%左右，成交量有一定的放大情况，视为矩形的有效向下突破，为下降矩形，简化图形如图5-45所示。

当矩形有效向下突破的时候，此时会有大量的卖盘涌出，股价将开始一轮新的下跌行情，这时投资者应持币观望或尽快卖出股票。例如深康佳A从2010年9月27日到11月27日长达2个月的时间中股价一直处于盘整状态，在11月30日跌破

矩形盘整形态下轨之后，股价开始一泻千里，如图5-46所示。

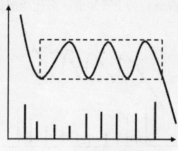

图5-45　下降矩形简化图形

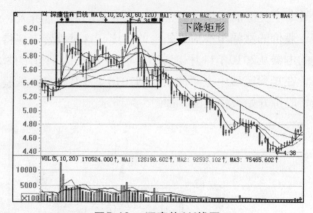

图5-46　深康佳AK线图

什么是楔形整理形态

楔形整理形态与三角形态相类似，也是发生在价格整理的一种常见形态，但与之不同的是，三角形的上界线或下界线是一条水平直线，而楔形的上下界线虽然也是往同一方向移动，但上界线或下界线倾斜的角度往往较大。根据楔形明显地向上或向下倾斜，可以将其分成上倾楔形与下倾楔形两种。楔形与当前趋势反向倾斜，即下倾楔形看涨，而上倾楔形看跌。从形成的时间来讲，楔形通常持续1个月以上，但一般不会超过3个月。

1. 上倾楔形

上倾楔形的上界线和下界线都向右上倾，一般出现在一段下跌趋势中，股价经过长时间的下跌之后，通常会出现反弹，但是反弹到一定高度之后又会再次掉头回落。不过这种回落会在未跌到上次低点之前已得到支撑而上升，并且越过上次的低点，形成一波高于一波的趋势。将反复反弹和回落形成的高点和低点分别用直线连起来就形成了一个上倾的楔形。上倾楔形实质却是下跌形态，因为价格走势一直被上倾楔形框住，始终无法有效突破上方趋势线，因此，一旦跌破楔形的下方趋势线，便将快速继续原有的下跌趋势。上倾楔形简化图形如图5-47所示。

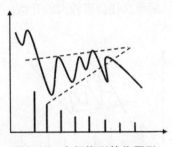

图5-47　上倾楔形简化图形

楔形整理的时间不宜太长，一般在8～15日之内。如果楔形整理的周期过长，很容易使市场上的人气涣散，形态力量消失。实际上，上倾楔形只不过是股价在下跌趋势中的一次反弹，是多方在遭到空方连续打击后的一次无力挣扎而已，并不能改变股价下跌的趋势，当上倾楔形跌破下边线支撑后，投资者一定不要被反弹的假象所迷惑。例如北大荒在经过了大幅下跌之后，在2010年12月开始发生反弹，反弹到了某个高点后再次受阻回落，在回落到了一定的低点之后又被再度拉起，将其反复形成的高点和低点分别连线，就形成了一个上倾的楔形。最后空方发力，股价在2010年12月23日跌破了支撑线，从而展开了另一波下跌行情，如图5-48所示。

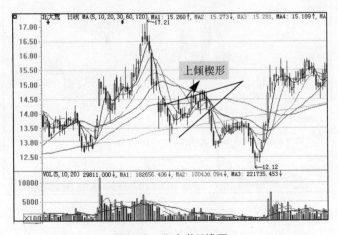

图5-48　北大荒K线图

2.下倾楔形

下倾楔形通常出现在上涨的趋势中，而高点与低点是逐渐下移，构成两条同时下倾的斜线。楔形形态内的成交量是由左向右逐渐递减的，下倾楔形态的出现仅是上升趋势里的一种正常调整现象。一般来说，形态大多是向上突破，特别当其上面的阻力线被突破时，后面往往会有较大的升幅。下倾楔形简化图形如图5-49所示。

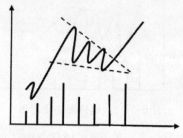

图5-49　下倾楔形简化图形

下倾楔形正好与上倾楔形相反，当其在成交量的配合下，上面的阻力线被突破时，就是一个典型的买入信号。例如吉林森工在经过了大幅上涨之后，在2010年11月开始见顶回落，在回落到了一定低点之后又再度拉起，反弹到了某个高点后再一次回落，形成了上面的阻力线。股价又受下面低点形成的支撑线支撑，同时成交量显得非常清淡，但是，到了2011年1月底的时候，股价在成交量放大的情况下突破阻力线，展开了另一波升势，如图5-50所示。

图5-50　吉林森工K线图

什么是圆弧顶和圆弧底

圆弧顶和圆弧底在实际情况中出现的并不是很多。但是一旦圆弧顶或圆弧底形成，那么上涨和下跌的幅度将是十分可观的。因此，确认形态后，投资者应立即采取行动，以免错失操作时机。

1. 圆弧顶

圆弧顶一般出现在绩优股中的高价区，是下跌趋势的开始。这种形态下持股者心态比较稳定，多空双方的争夺比较缓和，在图形上会经常出现半"凸圆形"，其形态的特点是在顶部时，股价呈弧形上升。虽然股价呈现不断上涨态势，但每一个高点亦高不了多少便回落，且前阶段是新高点比前点高，后阶段是回升点略低于前点，这样把短期的高点连接起来，就形成一圆弧顶形态。在成交量方面，也基本呈一凹圆弧状，即在股价上升时成交量增加，股价升至顶部时成交量减少，在股价下滑时，成交量又再次放大，以两端最大，中间位置最小。圆弧顶的简化图形如图5-51所示。

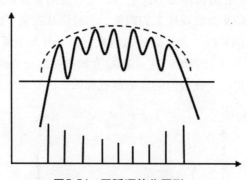

图5-51　圆弧顶简化图形

在圆弧顶末期，股价下跌至较大的幅度之后，必然会引起一部分持股者的恐慌性抛售，从而加剧跌幅，出现跳空缺口或大阴线，此时是一个较为明显的出货信号，投资者应果断离场。例如湖北宜化在2010年11月和12月期间，该股经过4个多月的大幅上涨以后，进入缩量滞涨阶段。此时买盘减少，价格反弹无力，随后又引发出了大量抛盘，形成一个比较标准的圆弧顶。股价出现滞涨并且股价重心开始下移的时候，已经是上升趋势结束之时，一旦股价向下突破颈线，将会导致更大幅度的下跌，如图5-52所示。

图5-52 湖北宜化K线图

2. 圆弧底

圆弧底通常出现在股价深幅下跌之后，是底部的常见形态之一。而且，在出现圆弧底的个股中经常会发现庄家的端倪，当股价从高位下跌到一定位置时，庄家往往就会进场吸纳筹码，为了避免市场察觉，一开始会采用少量吸纳的方法，如果当前价位难以买到筹码时，才会将股价稍微拉高一点再次进行吸纳。经过一段长期的吸货过程，便在股价的底部形成圆弧底。圆弧底的简化图形如图5-53所示。

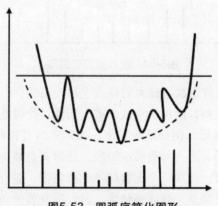

图5-53 圆弧底简化图形

圆弧底是股价经过了长期的下跌之后，跌势逐渐开始平缓，成交量变得萎缩，在底部盘整一段时间之后，又开始慢慢回升，同时成交量也随之放大，说明多方已逐渐占据优势，行情开始好转。

一般情况下，圆弧底如果右侧曲率变大，说明筹码在不断的集中，后市股价上涨的可能性比较大，如果右侧曲率变小，则股价上涨的机会比较小。另外，圆弧底的成交量也会以圆弧的中心点为界，右侧的成交量水平如果要明显地超过其对称左侧的成交量水平，则底部将形成反转的可能性增大，反之，该圆弧底可能只是一种假象。

例如珠海中富在2010年12月至2011年3月期间，该股在深幅下调之后，经过一段较长时期的盘整，在低位区出现的一个典型的圆弧底形态，在2011年1月25日，该股创出新低，一些先知先觉的投资者开始进入建立仓位。由于主动卖出者少，所以机构投资者需要抬高价格。因此价格快速上升，股票成交越来越多，形成圆弧底的右边形态。当该股突破颈线之后，成交量进一步放大，呈现价涨量增的强势特征，如图5-54所示。

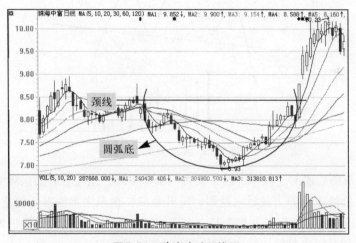

图5-54　珠海中富K线图

头肩顶和头肩底的区别

头肩顶和头肩底是比较常见的反转形态，在K线图中，通常会出现三个顶点或三个底点，但其中第二个顶点或底点较其他两顶点或底点更高或更低。从图形上来看，就像是一个头和两个肩膀或是倒立的一个头和两个肩状，这就是头肩顶和头肩底。另外，有时可能出现三个以上的顶点或底点，图形上若出现一个或两个头部，两个以上的左肩与右肩，则为复合头肩型。

1. 头肩顶

头肩顶一个长期趋势性的反转形态，通常在上升趋势的末端出现，是一个行情即将反转的信号。头肩顶由左肩、头、右肩及颈线等几大要素组成。当股价持续一段时间的上升趋势之后，前期买进者开始获利出场，股价出现短期回落，于是就形成了头肩顶的左肩。当股价回落到一定程度，一些投资者逢低介入，随后又展开新一轮上升，不过成交量较前期减少，价升量减或量平，股价在突破上次高点后不久再次回落，形成了头部。随后当股价下跌到接近上次的回落低点时，又再次获得了支撑，出现回升，但是成交量会进一步减少，股价向上突破失败之后，便形成右肩部分。把二次回落的低点用直线连接起来，便是头肩顶形态的颈线，当颈线被有效跌破幅度超过市价的3%以上时，头肩顶形态被确立。头肩顶的简化图形如图5-55所示。

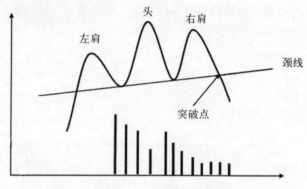

图5-55 头肩顶简化图形

在头肩顶形成的过程中，成交量将一步步下降，以往看好的乐观情绪逐渐发生逆转，股价上升的力量越来越弱，价升量减，预示未来的市场将是疲弱无力，大幅下跌的趋势即将展开。例如长春高新在2010年10月至12月，股价形成了头肩顶形态。10月以来股价持续走高后，2010年11月10日，该股在64.96元的价格形成了左肩，之后又在2010年11月29日以70.15元的高点形成头部，2010年12月15日以64.18元形成右肩。该形态的颈线为波谷64.96与64.18的连线。在成交量上，该股从左肩到右肩也呈现阶梯状的递减，如图5-56所示。股价跌破颈线后，曾有一次小幅度回抽，不过未能突破颈线就又继续下落，头肩顶形态非常明显。

2. 头肩底

头肩底一个重要的底部反转形态，通常在下降趋势的末端出现，发出即将逆市上升的信号。头肩底由左肩、底、右肩及颈线等几大要素组成。股价在连续阴跌后出现一次超跌反弹形成左肩，上升至一个高点。由于成交量不足，短暂的反弹之后引起了更深幅度的下跌，跌破上次的最低点（左肩），形成底部。成交量会随着下跌而增加，从而在底部最低点股价会有所回升，当股价回升到上次的反弹高点时，又出现了第三次的回落，当跌势稳定以后，形成右肩，这时的成交量明显少于左肩和底部时的成交量，说明投资者惜售情绪较浓，多方力量逐渐开始占据优势，股价再一次上升，且伴随较大的成交量。当突破颈线时，成交量更是明显放大，从而出现价升量增的大好局面，整个头肩底形态确立。头肩底的简化图形如图5-57所示。

图5-56　长春高新K线图

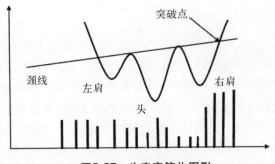

图5-57　头肩底简化图形

　　头肩底是由强烈的跌势转向升势的强烈买入信号，尤其是那些右肩略高于左肩并且有明显放量的个股更是如此。例如浙江医药在2010年11月至2011年3月，就是经过一段下跌行情后出现的一个头肩底形态，在12月29日以31.98元形成了头肩底的左肩，在2011年1月25日以29.31元的价格形成了顶部，又在2月25日以32.13元形成了头肩底的右肩，随后当股价于3月8日突破了颈线之后，开始一路上升，展开了一波不错的行情，如图5-58所示。

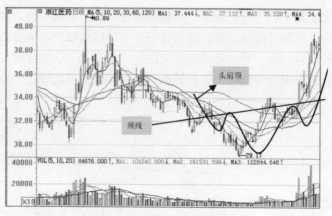

图5-58　浙江医药K线图

什么是M顶和W底

M顶又称双重顶、双顶、M顶，是一个重要的反转形态。因为形状类似于英文字母M，因此得名。W底，又称双重底及双底，其走势外观如英文字母"W"，因此得名。由形态上看，W底的形态可以说是M顶的反转，而其所表达的意思也基本与M顶相反。

1. M顶

M顶形态形成于上涨行情的末期，当股价经过长期的上涨之后会必然产生回调，一般来讲，回调的幅度和时间会比较长，但是，由于牛市效应的存在，而持币者往往因为股价回调的吸引而买入，于是股价得到支撑，很快就出现再度回升，但是，成交量并没有随之放大，当上升至上次高点时，通常会遇到强大的抛压，股价再一次下挫。当股价下跌突破上次回升的支撑点时，即突破颈线以后，M顶形态确立，会引起大幅的下跌。在形态上，一般右边头高于左边头，M顶形态左边头区域的成交量比较大，而右边头部区域的成交量很小，呈现典型的量价背离形态，股价跌破颈线位时成交量非常小。M顶形态成立后的最小跌幅，约为头部至颈线的垂直距离。M顶形态的简化图形如图5-59所示。

双顶形态是见顶回落的卖出信号，当股价跌破颈线的时候，投资者就应当随时准备清仓离场。例如东风汽车2010年10月和11月的走势就是一个典型的M顶形态，股价在大幅上涨以后成交量不配合，在2010年10月25日创下了6.61元的新高以后价格回落至6.14元，形成左头区域。然后再一次上升，结果没有创出新高就回落至6.14元，形成右头区域。在该点跌破了颈线以后，M顶成立，该股展开了狂风暴雨般的一轮跌势，如图5-60所示。

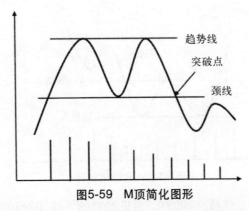

图5-59 M顶简化图形

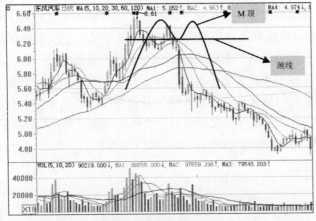

图5-60 东风汽车K线图

2. W底形态

W底形态形成于下跌行情的末期，且低点基本位于同一水平。W底的形成机理是当股价持续下跌至左底，使持股者觉得价太低而惜售企稳，而持币者则因为新低价的吸引而买入，于是股价呈现回升趋势。当上升至一个高点时，较早时短线投机买入的投资者获利回吐，同时那些在跌市中持股的也趁回升时割肉卖出，因此股价再一次下挫。但对后市充满信心的投资者觉得他们错过了上次低点买入的良机，所以这次股价回落到上次低点附近（右底）时便立即跟进，当越来越多的投资者买入时，多头力量便推动股价扬升，而且在突破上次回升的高点时，即突破颈线成功以后，股价下跌的趋势会彻底扭转，从而形成新的上升趋势。双底形态出现后，后市股价的升幅至少是双底的最低点到颈线之间的垂直距离，因此突破点是绝佳的买入时机。W底形态的简化图形如图5-61所示。

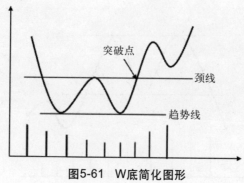

图5-61 W底简化图形

以绵世股份为例，该股从2009年7月开始持续下跌了近40%左右，在9月1日再一次破位下跌后出现技术性反弹形成左底，但升幅不大且时间不长，当股价在9月17日反弹至一个短期高点后股价又一次回落下跌至上次低位区域附近并且再获支撑而上升，形成右底。右底的位置比左底的位置要略高一点，而且右底形成后这次上涨的过程中成交量逐步大增，并上升突破颈线，是一个有效的强烈买入信号。而W底形成以后最小的量度升幅，是由颈线位置加上左底的垂直距离。本例绵世股份的股价在突破颈线之后得到了大幅的上涨，如图5-62所示。

图5-62 绵世股份K线图

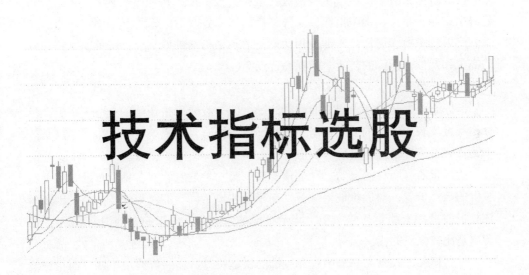

第 6 章

技术指标选股

技术指标是考虑市场行为的各个方面，然后建立一个数学模型，并运用一定的计算公式对原始数据进行处理得出的指标值。指标值的具体数值及相互间关系，能够直接反映出股市所处的状态，为投资者提供指导方向。目前，证券市场上的常用的技术指标有：移动平均线（MA）、平滑异同移动平均线（MACD）、随机摆动指标（KDJ）、相对强弱指标（RSI）、指数平滑均线（EXPMA）、顺势通道指标（CCI）等。

如何使用技术指标法选股

技术指标法就是使用技术指标进行选股。技术指标按功能来划分，可以分为趋势型指标、超买超卖型指标、人气型指标和大势型指标等。

使用技术指标进行分析的应用法则主要包括指标的背离、指标的交叉、指标的高位和低位、指标的转折、指标的盲点等。

1.指标的背离

指标的背离是指技术指标曲线的波动方向与股票价格曲线的走势不一致。指标出现背离表明价格的变动没有得到指标的支持。当背离的特征一出现，就是一个比较明显的采取行动的信号。

指标背离有两种情况，一种是顶背离，另一种是底背离。顶背离通常出现在股价的高档位置。当股价波浪上升，而指标波浪下降，即指标处于高位，则表示该指标股价的上涨是外强中干，暗示股价很快就会反转下跌，如图6-1所示。顶背离是比较强烈的卖出信号。

与之相反，底背离一般出现在股价的低档位置，当股价波浪下降，而指标波浪上升，这种情况下一般认为股价不会再持续下跌，暗示股价会反转上涨，如图6-2所示。底背离是一种建仓的信号。

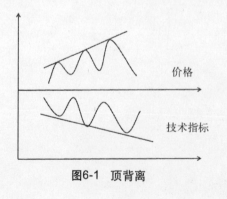

图6-1　顶背离　　　　　　　　　图6-2　底背离

应用背离指标的时候，通常需要注意以下几个问题：

❑ 能够形成明显技术指标背离特征的指标有MACD、RSI、KDJ等，而各种技术指标有效性并不相同，其中RSI与KDJ转向成功率相对而言比较高一些。

❑ 一般出现在强势中的指标背离情况较为可靠。股价在高位时，通常只需出现一次背离的形态，即可确认反转形态；而股价在低位时，一般要反复出现几次背离才可确认其为反转形态。

❑ 单一指标背离的指导意义不强，如果多种指标都出现了背离情况，此时股价见顶或见底的可能性较大。特别是KDJ指标结合RSI指标一起判断股价走向时，具有较强的指向作用。

2. 指标的交叉

指标交叉是指技术指标图形中的两条指标曲线发生了相交现象，交叉表明多空双方力量对比发生了变化。交叉可以分为黄金交叉、死亡交叉和与0轴交叉3种。

黄金交叉和死亡交叉都是同一技术指标的不同参数的两条曲线之间的交叉，其中黄金交叉是指上升中的短期指标曲线由下到上穿过上升的长期指标曲线，这个时候向上突破压力线，预示股价将继续上涨，行情继续看好，如图6-3所示。死亡交叉是指下降中的短期指标曲线由上而下穿过下降的长期指标曲线，这个时候向下突破支撑线，表示股价将继续下落，行情看跌，如图6-4所示。

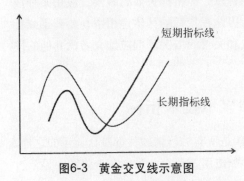

图6-3 黄金交叉线示意图

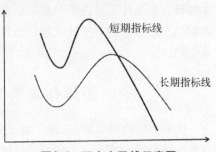

图6-4 死亡交叉线示意图

与0轴交叉可以分为向上交叉和向下交叉两种，而指标曲线向上穿越0轴表示指标认为由空方市场开始转为多方市场，行情看多；指标曲线向下穿过0轴表示指标认为由多方市场开始变为空方市场，行情看空，如图6-5所示。

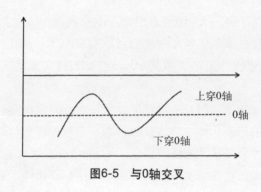

图6-5　与0轴交叉

3.指标的高位和低位

指标进入高位和低位表示该指标认为市场已经进入超买区和超卖区。技术指标值的数字太大或者太小，都说明市场的某个方向已经达到了极端的地步，此波段行情有可能结束，应该引起投资者的注意。

4.指标的转折

技术指标的转折指的是技术指标曲线在高位或低位发生了调头，表明前面超买或超卖状态已经走到了尽头，一个趋势将要结束，新的趋势将要开始。

5.指标的盲点

技术指标的盲点是指在一部分时间里，技术指标不能发出买入和卖出信号，处于"盲"的状态。每种指标都有自己的盲点，即指标失效的时候。应用某种技术指标，在条件不符合的时候则会失效。因此在指标的具体运用中，要善于分析和归纳总结，遇到有些技术指标出现盲点和失效的情况，则应综合考虑其他的技术指标。

如何在走势图中显示技术指标

技术指标的种类繁多，除了成交量VOL是所有的行情软件都默认显示的之外，其他的技术指标都可以由用户自己调整添加使用。那么，如何在走势图中显示自己需要的技术指标呢？下面以大智慧软件为例进行具体的说明。

技术指标的显示可以分为两种情况，主图叠加和副图，其中，主图叠加就是将技术指标显示在主图窗口中，如均线、BOLL等指标一般是叠加在主图窗口中的。副图就是将技术指标单独显示在另外一个副图窗口中，例如，MACD、KDJ、RSI、CCI等指标通常显示在副图窗口中。

大智慧软件默认的K线走势界面为三图组合，即一个主图和两个副图，一个主图显示K线图，通常会同时叠加均线指标，两个副图，一个显示成交量，一个显示技术指标，如图6-6所示。具体分析时，用户可以根据需要，在主图下面添加多个副图窗口，系统默认最多支持6图显示。

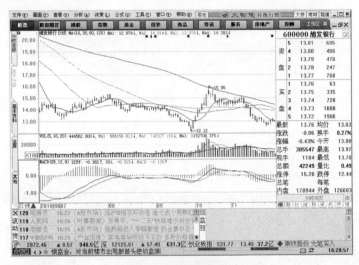

图6-6 显示技术指标

显示不同的技术指标的具体方法有以下几种：

方法1：在K线走势界面副图区域的空白处，单击鼠标右键，从弹出的快捷菜单中选择"常用指标"选项中的某项指标，即可切换至相应的技术指标，如图6-7所示。

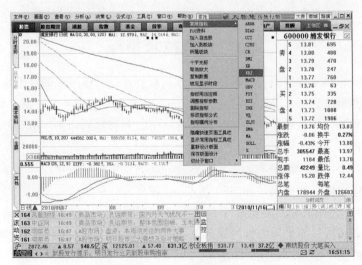

图6-7 选择常用指标

方法2：通过快捷工具栏切换技术指标。先将需要切换技术指标的副图调整为最后一个子窗口，然后在快捷工具栏中单击"常用指标"右侧的下三角形图标，即可显示如图6-8所示的下拉菜单，在该菜单中选择相应的技术指标即可。

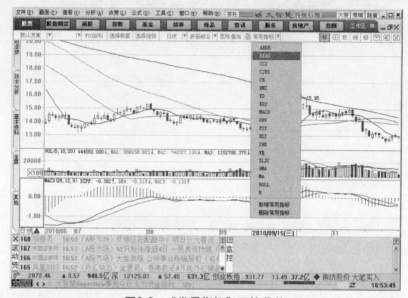

图6-8 "常用指标"下拉菜单

方法3：通过键盘精灵切换技术指标。在K线走势界面中，直接输入指标名称或者其拼音首字母，按回车键之后，即可切换至该技术指标显示。

如何设置技术指标

在实际的操作过程中，有时候用户可能需要查看一下所选的技术指标的参数情况以及其用法分析，或者是对技术指标进行简单的修改，使其更适合自己应用，或将其设置为常用指标。其具体的操作方法仍以大智慧软件为例进行介绍，操作步骤如下：

1）在分时走势或K线图界面中，选择"画面"→"分析指标"菜单项，即可打开"选择指标"对话框，如图6-9所示。

2）在"选择指标"对话框中，双击某一个指标，这里选择KDJ指标，其右侧就会显示该指标的常用参数设置情况，并且在左下方出现该指标的"用法注释"和"修改公式"按钮，如图6-10所示。

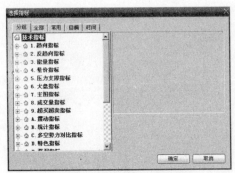
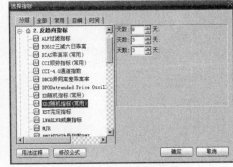

图6-9 "选择指标"对话框   图6-10 显示指标参数

3）单击"用法注释"按钮，即可显示该指标的用法的简单说明。如图6-11所示为KDJ的用法注释窗口。

4）单击"修改公式"按钮，即可打开相应的技术指标的编辑器窗口，在该窗口中，可以对指标的详细参数进行设置，还可以设置其显示方式为"主图叠加"还是"副图"等，如图6-12所示为KDJ的编辑器窗口。

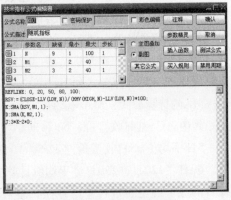

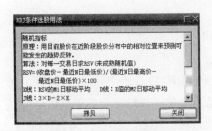

图6-11 用法注释窗口   图6-12 编辑器窗口

5）选中某个指标后单击鼠标右键，从弹出的快捷菜单中选择"设为常用"选项，即可将指标设置为常用指标，如图6-13所示。将某个指标设置为常用可以方便用户在需要的时候更快地调出该指标。

6）在"选择指标"对话框中，切换至"常用"选项卡，可以看到所有设置好的常用指标。选中某个常用指标，单击鼠标右键，可以从弹出的快捷菜单中取消其常用属性，如图6-14所示。

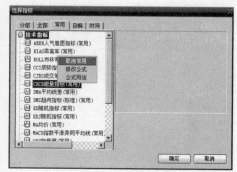

图6-13　设为常用指标　　　　　　　图6-14　取消常用属性

什么是移动平均线MA

移动平均线是以道·琼斯的"平均成本概念"为理论基础，采用统计学中"移动平均"的原理，将一段时期内的股票价格的平均值连接成曲线，用来显示股价的历史波动情况，并反映股价指数未来发展趋势的技术分析方法。其中的移动，就是指每天产生的新价格会被纳入后一日的平均计算法里，形成更新的价格平均值，平均是指某一段时间的收盘价的算术平均数。

移动平均线的计算方法将某一时间段的收盘股价或收盘指数相加的总和，除以时间周期。其计算公式如下：

MA的计算公式：$MA=(C_1+C_2+C_3+\cdots+C_n)/N$

其中，C=某日收盘价；N=移动平均周期。

5日平均价=5日收盘价之和/5；10日平均价=10日收盘价之和/10；20日、30日、60日、120日、250日等平均价计算方法依次类推。将计算出的平均价格标在每日的股价图上再进行平滑连接，就可以得出5日、10日、20日、30日、60日、120日、250日等移动平均线。其中，5日正好是一周的交易日，因此，5日均线表示这一周买入者的平均股价，10日均线表示半个月买入者的平均股价，20日均线表示一个月买入者的平均股价，60日均线表示一个季度买入者的平均股价，120日均线表示半年买入者的平均股价，250日均线表示一年买入者的平均股价。

一般的股票软件至少支持在同一个界面中显示4条均线，大智慧可以在同一个界面中显示6条均线，每条均线分别用不同的颜色表示，并且，在K线图的左上方显示了当前使用的均线系统包含有哪几个周期的均线，并在其后显示当前选中K线位置的各均线的具体数值，如图6-15所示。

图6-15　移动平均线

移动平均线的种类依时间长短可分为：短期移动平均线、中期移动平均线及长期移动平均线。

1. 短期均线

短期均线按周期长短可以分为3日、5日、10日等种类，时间短的均线比时间长的均线对价格或指数的波动要来的灵敏，数值起伏变化比较快，可作为短线买进或卖出的依据。但是，时间短的均线线性很不规则，尤其在震荡行情时，买进和卖出的信号很难把握。

2. 中期均线

中期均线又可以分为20日（月线）、30日、60日（季线）等种类。其中30日均线使用频率最高，经常被用来与其他平均线配合使用，为投资者提供当日股价及短期和中长期移动平均线的动态参考。并且，通常会将股价跌破30日均线或30日均线向下弯曲作为股票最后的止损位，将60日均线弯曲向上或向下作为牛市、熊市分界线。

3. 长期均线

长期均线又可以分为120日（半年线）、200日、250日（年线）均线等种类。其中，120均线是股价中期均线和长期均线的主要分界线，使用频率在长期均线组合中比较高，而且经常被用来作为观察长期股价趋势的重要指标。200日均线通常是西方技术分析中股价长期趋势的看门线，相当于国内股市的年线。250日

均线是股价运行一年后的市场平均交易价格的反映，是股市长期走势的生命线，是判断牛市是否形成或熊市是否来临的主要依据。

如何通过移动平均线研判个股趋势

移动平均线是股价的生命线，是对交易成本的最直观反映，是追踪市场趋势的一个非常有用的工具。均线最主要的功能是揭示股价波动的方向，帮助投资者判断大盘和个股上升或下降的趋势。均价有三种非常重要的表现形态，分别为多头排列形态、空头排列形态、缠绕形态，这三种形态分别对应了大盘和个股的上升趋势、下跌趋势和横盘震荡趋势。另外，金叉买入和死叉卖出也是均线的常用选股方法。下面进行具体的介绍。

1. 多头排列形态

多头排列至少由3根移动平均线组成，参数较小的短期均线在参数较大的长期均线的上方，并且均线呈现向上发散的状态。多头排列对应着大盘或个股的上升趋势，此时多方力量强盛，后市上涨已成定局。在多头排列形成的初期和中期，可以积极做多，但是，在后期要谨慎操作。

例如，中国医药在2011年3月15日至2011年5月9日期间处于上升趋势，在K线走势图中可以看到，3根移动平均线呈现向上发散的多头排列状态，并且其排列的顺序是，最上面的是10日均线，中间的是30日均线，最下面的是60日均线，如图6-16所示。

图6-16　中国医药K线图

2. 空头排列形态

空头排列由至少3根移动平均线组成，参数较小的短期均线在参数较大的长期均线的下方，并且均线向下发散，呈向下发散状态分布。空头排列对应着大盘或者个股的下降趋势，该图形为做空信号，后市看跌。在空头排列形成的初期和中期，以做空为主，后期可以谨慎操作。

例如，华电国际在2010年12月6日至2011年1月26日期间处于下降趋势，在K线走势图中可以看到，3根移动平均线呈现向下发散的空头排列状态，并且其排列的顺序是，最上面的是60日均线，中间的是30日均线，最下面的是10日均线，如图6-17所示。

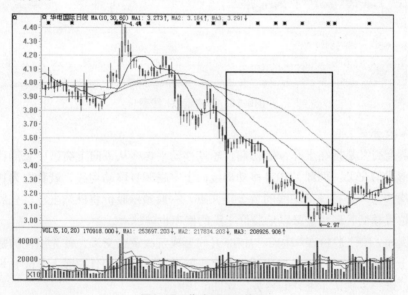

图6-17 华电国际K线图

3. 缠绕形态

缠绕形态是指几根移动平均线处于相互缠绕的形态，一般会出现在股票大涨或大跌之后，通常市场处于一个多空双方势均力敌的情况下，价格波动不大，走势也不太明显，对应着大盘或者个股的横盘震荡走势，该图形的出现常常意味着底部或顶部的到来。

例如，济南钢铁在2010年7月14日至2011年1月11日期间处于横盘震荡的走势，在K线走势图中可以看到，3根移动平均线呈现相互缠绕的状态，如图6-18所示。该股缠绕形态之后，形成了底部，并随后走出了快速上涨的走势。

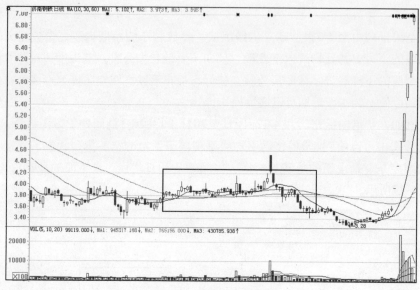

图6-18 济南钢铁K线图

4.黄金交叉

黄金交叉是指在上升行情初期，短期移动平均线从下向上突破中长期移动平均线形成的交叉，例如，10日移动均线向上穿越30日移动均线，就称之为10日移动平均线与30日移动平均线的黄金交叉点，一般预示股价将继续上涨，且股价所处的位置越低，形成金叉以后股价上涨的概率也就越大。

例如，哈飞股份在2010年7月和8月间形成三次黄金交叉，首先出现的是10日均线上穿30日和60日均线形成两次金叉，随后又出现了30日均线上穿60日均线的金叉，进一步确认了上升的趋势，如图6-19所示。

5.死亡交叉

死亡交叉是指下跌初期，短期移动平均线向下跌破中长期移动平均线形成的交叉，例如10日均线下穿30日均线形成的交叉、30日均线再下穿60日均线形成的交叉，均为死亡交叉，预示着股价将下跌。

例如，保利地产在2009年11月和12月期间形成三次死亡交叉，首先出现的是10日均线下穿30日和60日均线形成两次死叉，随后又出现了30日均线下穿60日均线的死叉，进一步确认了下跌的趋势，如图6-20所示。

图6-19 哈飞股份K线图

图6-20 保利地产K线图

什么是平滑异同移动平均线MACD

MACD称为指数平滑异同移动平均线，是一项利用短期（通常为12日）移动平均线与长期（通常为26日）移动平均线之间的聚合与分离状况，对买进、卖出时机做出分析判断的技术指标，如图6-21所示。

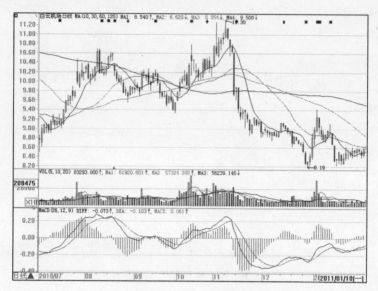

图6-21　MACD指标

MACD指标主要由两部分组成，即正负差（DIFF）、异同平均数（DEA），其中，正负差是核心，DEA是辅助。DIFF是快速平滑移动平均线（EMA1）和慢速平滑移动平均线（EMA2）的差，DIFF的正负差的名称由此而来。快速和慢速的区别是进行指数平滑时采用的参数的大小不同，快速是短期的，慢速是长期的。此外，MACD还有一个辅助指标——柱状线（BAR）。在大多数技术分析软件中，柱状线是有颜色的，在0轴以上是红色，0轴以下是绿色，前者代表趋势较强，后者代表趋势较弱。

参数：SHORT（短期）、LONG（长期）、M天数，一般为12、26、9。

公式如下所示：

加权平均指数（DI）＝（当日最高指数+当日收盘指数+当日最低指数×2）

12日平滑系数（L12）=2/（12+1）=0.1538

26日平滑系数（L26）=2/（26+1）=0.0741

12日指数平均值（12日EMA）=L12×当日收盘指数 + 11/（12+1）×昨日的12日EMA

26日指数平均值（26日EMA）=L26×当日收盘指数 + 25/（26+1）×昨日的26日EMA

差离率（DIFF）=12日EMA−26日EMA

9日DIFF平均值（DEA）=最近9日的DIFF之和/9

柱状值（BAR）=DIFF-DEA

MACD=（当日的DIFF-昨日的DIFF）×0.2 +昨日的MACD

怎样从MACD的变动中进行选股

一般来讲，当MACD从负数转向正数时，是买入信号；当MACD从正数转向负数时，是卖出信号。当MACD以大角度变化，表示快的移动平均线和慢的移动平均线的差距非常迅速地拉开，表明市场大趋势的转变。其在实际操作的具体应用原则主要有以下几点：

1. 金叉买入

MACD指标中的DIFF线由下向上突破DEA线时形成的交叉，称之为黄金交叉。金叉出现的同时绿柱线缩短，为买入信号。但是，仅仅按照金叉买进，还是很有可能被套牢的，为了保险起见，投资者可以采用低位两次金叉买进的方法。

MACD在低位发生第一次金叉时，股价上涨的趋势并没有被确立，也许会出现小涨后较大的回调，给投资者带来较大的风险。但是当MACD在低位出现第二次金叉后，股价上涨的概率和幅度就会比较大一些。

例如，南方航空经历了一波下跌之后，在2010年6月1日出现了第一次金叉，在2010年7月13日又出现了第二次金叉，金叉出现的同时，还伴随着绿柱线缩短，红柱线变长，这种情况预示着后面会有较大幅度的涨势。果然，在此后的3个多月中，该股翻了一倍，如图6-22所示。

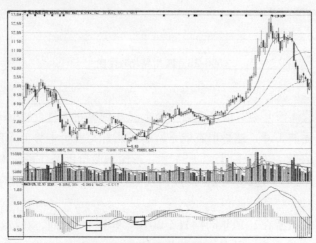

图6-22 南方航空K线图

2. 死叉卖出

MACD指标中的DIFF线由上向下突破DEA线形成的交叉，称之为死亡交叉。死叉出现在下跌走势中的盘整形态之后，往往意味着新一轮跌势的展开，如果出现在上升趋势中的一波快速上涨之后，更是预示着一波跌势即将到来，如果同时红柱线缩短，为明显的卖出信号。

例如，四川路桥在经过一波快速上涨之后，于2010年3月16日出现了死叉形态，DIFF线由上向下突破DEA线，这种形态的出现预示着阶段性上涨行情的结束，随后该股展开了下跌的走势，如图6-23所示。

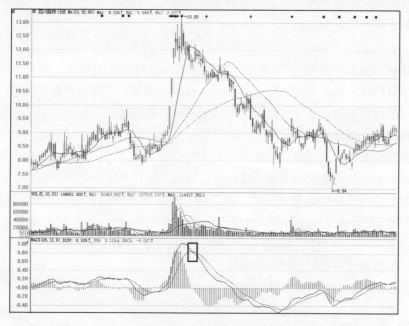

图6-23　四川路桥K线图

3. 顶背离

当股价指数逐波升高，价格走势不断上涨并创出新高时，MACD指标不是同步上升，而是逐波下降，这种形态就是MACD指标与股价走势形成顶背离。这种形态往往出现在大盘和个股大幅上涨之后，预示股价即将下跌。如果此时出现DIFF两次由上向下穿过DEA线，形成两次死亡交叉，则股价大幅下跌的可能性很大。

例如，黄山旅游在2010年8月4日至2010年9月14日期间，在持续上涨的高位区出现了顶背离的形态，并且同时出现DIFF两次由上向下穿过DEA线，形成两次死亡交叉，这种形态预示着股价将在不久出现反转下行，是行情反转的信号，也是中长线离场的信号。后期果然走出了大幅下跌的走势，如图6-24所示。

图6-24　黄山旅游K线图

4.底背离

当股价指数逐波下行，并且不断创出新低的时候，MACD指标却背道而驰，出现了逐波上升的走势，这种形态就是MACD指标与股价走势形成底背离，这种形态往往出现在大盘和个股深度下跌之后，预示着股价即将上涨。如果此时再出现DIFF两次由下向上穿过DEA线，形成两次黄金交叉，则股价即将大幅度上涨。

例如，金钼股份在2010年5月20日至2010年7月9日期间，在持续下跌的低位区出现了底背离的形态，并且同时出现DIFF两次由下向上穿过DEA线，形成两次黄金交叉，其走势出现了明显的止跌企稳形态。因此，该股将在随后出现反转上行的走势，是中长线布局入场的好时机。后期果然走出了大幅上涨的走势，如图6-25所示。

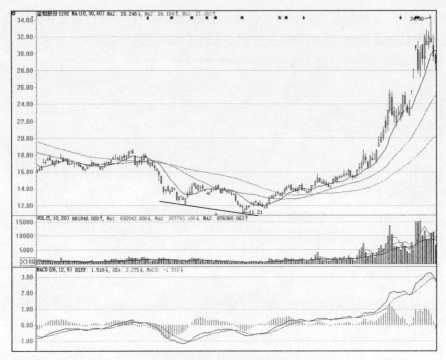

图6-25　金钼股份K线图

什么是随机摆动指标KDJ

　　KDJ指标又叫随机摆动指标，是一种非常实用的技术分析指标。该指标能够通过当日或最近几日最高价、最低价及收盘价等价格波动的波幅，反映出价格趋势的强弱，为投资者指明方向，被广泛用于股市的趋势分析中。

　　随机指标KDJ是根据统计学的原理，通过一个特定的周期内（通常为9日、9周等）出现过的最高价、最低价及最后一个计算周期的收盘价及这三者之间的比例关系，来计算最后一个计算周期（n日、n周等）的RSV，即未成熟随机值，然后根据平滑移动平均线的方法来计算K值、D值与J值，形成一个完整的、能反映价格波动趋势的KDJ指标。

　　以日KDJ数值的计算为例，其计算公式为：

　　n日RSV＝（Cn－Ln）÷（Hn－Ln）×100

　　公式中，Cn为第n日收盘价；Ln为n日内的最低价；Hn为n日内的最高价。RSV值始终在1～100之间波动。

　　其次，计算K值与D值：

当日K值=2/3×前一日K值＋1/3×当日RSV值

当日D值=2/3×前一日D值＋1/3×当日K值

若无前一日K值与D值，则可分别用50来代替。

以9日为周期的KD线为例。首先须计算出最近9日的RSV值，即未成熟随机值，计算公式为：

9日RSV＝（C_9－L_9）÷（H_9－L_9）×100

公式中，C_9为第9日的收盘价；L_9为9日内的最低价；H_9为9日内的最高价。

K值=2/3×前一日 K值＋1/3×当日RSV

D值=2/3×前一日D值＋1/3×当日的K值

若无前一日K值与D值，则可以分别用50代替。

J值=3×当日K值－2×当日D值

J值的范围可以超过100，最早的KDJ指标只有两条线，即K线和D线，指标也被称为KD指标，后来引入了J值，用来反映K线和D线的乖离程度，从而领先KD值发现顶部和底部，提高了KDJ指标分析行情的能力。

怎样从KDJ的变动中进行选股

一般来讲，日KDJ对股价变化方向反应极为敏感，是日常分析买进卖出的重要方法。对于做短线的投资者来讲，30分钟和60分钟KDJ是非常重要的参考指标；对于做中线的投资者来讲，应更加关注周KDJ所处的位置。KDJ指标在实际操作的具体应用原则主要有以下几点：

1．K、D、J取值

在KDJ指标中，K值和D值的取值范围都是0~100，而J值的取值范围可以超过100和低于0。K、D的取值范围都是0~100，K线数值在90以上为超买，数值在10以下为超卖；D线数值在80以上为超买，数值在20以下为超卖。J线为方向敏感线，当J值大于100，特别是连续5天以上，股价通常会形成短期头部，反之，J值小于0时，特别是连续数天以上，股价通常会形成短期底部。

2．K、D、J形态

当K、D、J值在较高或较低的位置形成了头肩形和多重顶、底时，是极好的买卖信号。此种形态一定要在较高位置或较低位置出现，位置越高或越低，得出的结论越可靠。

例如，武钢股份在2010年3月26日至2010年4月7日期间，在图形上显示出K值在50以上，并且由上向下接连两次下穿D值，形成右头比左头低的"M头"形态，显示目前趋势是向下的，为卖出的信号，表明后市股价可能会有相当大的跌幅，如图6-26所示。

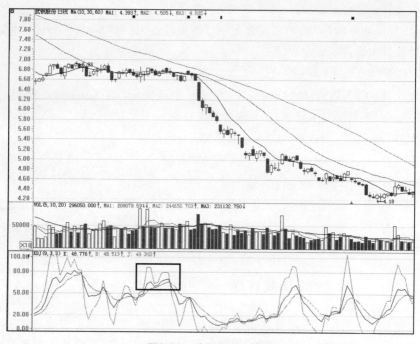

图6-26　武钢股份K线图

例如，中国医药在2010年12月24日至2011年1月27日期间，在图形上显示出K值在50以下，并且由下向上接连两次上穿D值，形成"W底"形态，表明目前趋势是向上的，后市股价可能会有相当大的涨幅，为买进的信号，如图6-27所示。

3. K、D、J金叉

在MACD指标中，当J线由下向上交叉并穿越K线和D线时为金叉。一般来讲，出现在盘整走势中的金叉意味着市场中的多方力量开始占据优势，是一个较好的买入信号，而且金叉出现的位置越低越好，金叉出现的次数越多越好。交叉点相对于KDJ线低点的位置要符合"右侧相交"原则，即J线是在K线和D线已经抬头向上时才与其相交。

例如，包钢股份在2010年12月14日至2011年1月21日期间，在长期盘整状态之后，在图形上显示出K、D、J值在50以下，J线由下向上交叉并穿越K线和D线，形成两次金叉，出现明显的买进信号，后市有了较大的涨幅，如图6-28所示。

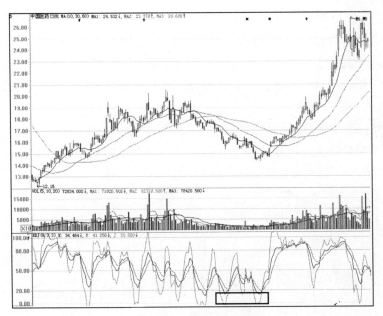

图6-27 中国医药K线图

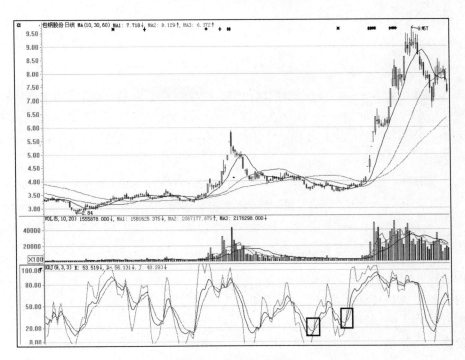

图6-28 包钢股份K线图

4. K、D、J死叉

在MACD指标中，当J线由上向下交叉并穿越K线和D线时为死叉。一般来讲，出现在高位盘整走势中的死叉意味着市场中的空方力量开始占据优势，是一个较好的卖出信号，尤其是死叉出现的位置越高，次数越多，信号的准确度就越高。

例如，海信电器在长期盘整状态之后，分别在2010年3月4日和2010年3月10日出现了明显的卖出信号，J线由上向下交叉并穿越K线和D线，形成两次死叉，后市该股出现了较大幅度的下跌，如图6-29所示。

图6-29　海信电器K线图

5. KDJ顶背离

顶背离现象是指当股价K线图上的股票走势一波比一波高，股价一直向上涨的时候，KDJ曲线图上的KDJ指标的走势却是一波比一波低。该现象一般是股价将在高位进行反转的信号，表明股价中短期内即将下跌。特别是股价在高位、KDJ在80以上出现顶背离时，可以认为股价即将反转向下，投资者最好及时卖出股票。

例如，葛洲坝在2010年1月4日至2010年3月4日期间，在持续上涨的高位区出现了顶背离的形态，并且KDJ的值都在80以上，同时还出现J线由上向下交叉并穿越K线和D线，形成两次死叉，这种形态预示着股价将在不久后出现调头下行行情，是趋势反转的信号。后期果然走出了大幅下跌的走势，如图6-30所示。

图6-30　葛洲坝K线图

6. KDJ底背离

底背离现象是指当股价K线图上的股票走势一波比一波低，KDJ曲线图上的KDJ指标的走势在低位却是一波比一波高。该现象一般是股价将在低位反转的信号，表明股价在中短期内即将上涨。

例如，中船股份在2010年9月27日至2010年11月11日期间，在持续下跌的低位区出现了底背离的形态，这种形态预示着股价趋势将在不久后出现反转行情。后期果然走出了大幅上涨的趋走，如图6-31所示。

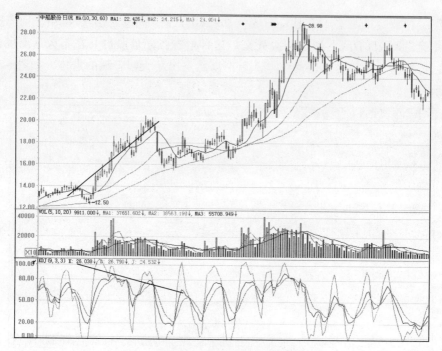

图6-31　中船股份K线图

什么是相对强弱指标RSI

相对强弱指标RSI是目前使用最多、流行最广的技术指标之一。RSI指标是根据供求平衡的原理而产生的，通过测量某一个时期内股价上涨总幅度、占股价变化总幅度平均值的百分比，来评估多空力量的强弱程度，进而提示投资者如何具体操作。

相对强弱指标RSI的计算公式如下：

N日RSI＝[N日内收盘涨幅的平均值/（N日内收盘涨幅均值＋N日内收盘跌幅均值）]×100%

由算式可以明确看到RSI指标的技术含义，即以向上的力量与向下的力量进行比较，如果向上的力量较大，则计算出来的指标上升；如果向下的力量较大，则指标下降，由此预测出市场走势的强弱。

RSI的取值介于0~100之间。首先算出某一日的RSI值，然后采用平滑运算法计算出以后的RSI值，将所得的RSI值在坐标图上连成曲线，即为RSI线。

以日为计算周期为例，计算RSI值一般是以5日、10日、14日为一周期。一般而言，如果采用的周期天数短，则RSI指标反应可能比较敏感；天数较长，可能反应迟钝。目前，沪深股市中RSI所选用的基准周期为6日和12日。

怎样从RSI的变动中进行选股

RSI指标的实用性非常强，能够领先其他技术指标提前发出买入或卖出信号，因此，深受广大投资者的喜爱。对RSI指标的使用主要是围绕RSI的取值、长期RSI和短期RSI的交叉状况及RSI的曲线形状等展开的。一般分析方法主要包括RSI数值的买卖情况、长短期RSI线的位置及交叉和曲线的背离等方面。

1.RSI数值的买卖情况

RSI的变动范围在0~100之间，强弱指标值一般分布在20~80，RSI的数值以20和80为分界线，RSI的数值在20以下为超卖区，在80以上为超买区。

1）当RSI值低于20时，表明市场上空方力量强于多方力量，而且空方大举进攻后，市场下跌的幅度已经过大，处于超卖状态，股价可能出现转势或反弹，投资者可适量建仓，买入股票。

2）当RSI值处于20~50之间时，表明市场处于整理状态，投资者可继续观望。

3）当RSI值处于50~80之间时，表明市场处于多方力量占据优势的状态，投资者可买入股票。

4）当RSI值超过80时，表示多方力量远远大于空方力量，且多空力量相差悬殊，市场处于超买状态，但是后市极有可能出现回调或转势，此时，投资者可提前卖出股票。

2.长短期RSI线的交叉情况

长期RSI是指周期相对较长的RSI，短期RSI是指周期相对短的RSI。比如，6日RSI和12日RSI中，6日RSI即为短期RSI，12日RSI即为长期RSI。长短期RSI线的交叉情况可以作为投资者研判行情的方法。

1）当短期RSI>长期RSI时，说明市场属于多头市场。

2）当短期RSI<长期RSI时，说明市场属于空头市场。

3）当短期RSI线在低位向上突破长期RSI线时，一般为RSI指标的黄金交叉，为买入信号，特别是当RSI值处于50~80之间时，市场上多方力量强于空方力量，投资者买入股票上涨的概率更大。

例如，南方航空经过长期盘整之后，在2010年9月10日，其6日RSI曲线在50数值附近向上突破12日RSI曲线形成金叉，表明股票多头力量开始强于空头力量，股价将大幅上升。后市果然走出一波上升趋势，如图6-32所示。

图6-32　南方航空K线图

4）当短期RSI线在高位向下突破长期RSI线时，一般为RSI指标的死亡交叉，为卖出信号。例如，时代万恒经过一段时间的持续上升，RSI曲线在60数值上方运行较长一段时间之后，在2010年11月11日，6日RSI曲线向下突破12日RSI曲线，形成死叉，表明空头力量逐渐增大，股价将开始下跌，是短线卖出信号，如图6-33所示。

3. RSI曲线的形态

当RSI指标在高位盘整或低位横盘时所出现的各种形态也是判断行情、决定买卖行动的一种分析方法。其中RSI指标的顶部反转形态对行情判断的准确性要高于底部形态。

1）当RSI曲线在高位（50以上）形成M头或头肩顶等高位反转形态时，表明股价可能出现长期反转行情，投资者应及时卖出股票。如果股价走势也先后出现同样形态就可以更加确认卖出信号的成立。

例如，深鸿基在2010年8月2日至2010年9月3日期间，在图形上显示出RSI曲线在50以上，形成M头形态，表明目前趋势是向下的，后市股价可能会有相当大的跌幅，为卖出的信号，如图6-34所示。

图6-33 时代万恒K线图

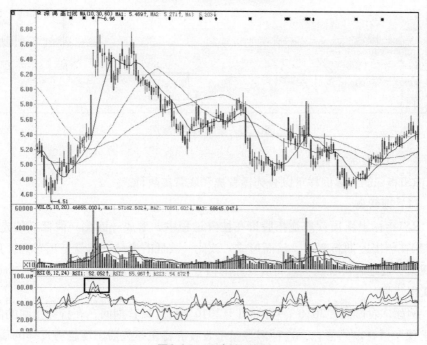

图6-34 深鸿基K线图

2）当RSI曲线在低位（50以下）形成W底或头肩底等低位反转形态时，表明股价的下跌动能已经开始减弱，可能构筑中长期底部，投资者可逢低分批买入。如果股价走势也先后出现同样形态就可以更加确认买入信号的成立。

例如，新都酒店在2010年12月8日至2011年3月7日期间，在图形上显示出RSI曲线在50以下，形成头肩底形态，表明目前趋势是向上的，后市股价可能会有相当大的涨幅，为买进的信号，如图6-35所示。

图6-35　新都酒店K线图

4. RSI曲线的背离

RSI指标的背离同样可以分为顶背离和底背离两种。

（1）顶背离

RSI指标出现顶背离是指股价在拉升过程中，形成一波比一波低高的走势，而RSI在创出近期新高后，反而形成一波比一波低的走势，这就是顶背离。顶背离现象一般是股价在高位时将要反转的信号，表明股价短期内即将下跌，为典型的卖出信号。

例如，农产品在2010年9月28日至2010年11月11日期间，在持续上涨的高位区出现了顶背离的形态，这种形态预示着股价将在不久后出现趋势反转的信号。后期果然走出了大幅下跌的走势，如图6-36所示。

图6-36　农产品K线图

（2）底背离

RSI的底背离是指当股价一路下跌，形成一波比一波低的走势，而RSI线在低位率先止跌企稳，并形成一波比一波低高的走势。底背离现象预示着股价短期内可能将反弹，是短期买入的信号。

例如，辽通化工在2010年5月12日至2010年6月28日期间，在持续下跌的低位区出现了底背离的形态，这种形态预示着股价将在不久后出现反转。后期果然走出了一波上涨的走势，如图6-37所示。

什么是顺势通道指标CCI

CCI指标又叫顺势指标，是一种比较新颖的技术指标。与大多数单一利用股票的收盘价、开盘价、最高价或最低价而发明出的各种技术分析指标不同，CCI指标是根据统计学原理，引进价格与固定期间的股价平均区间的偏离程度的概念，强调股价平均绝对偏差在股市技术分析中的重要性，是一种重点研判股价偏离度的技术分析指标。而且，CCI指标专门用来衡量股价是否超出常态分布的范围，即判断股票是否处于超买超卖状态。

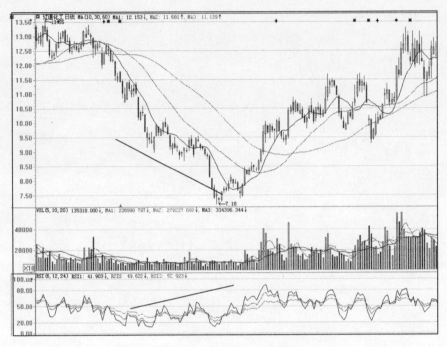

图6-37　辽通化工K线图

和其他技术分析指标一样，根据选用的计算周期不同，可以分为分钟CCI指标、日CCI指标、周CCI指标和年CCI指标等多种类型。经常被用到的是日CCI指标和周CCI指标。虽然它们计算时取值有所不同，但基本方法一样。

下面以日CCI计算为例，介绍其具体的计算方法。

CCI（N日）=（TP－MA）÷（MD×0.015）

其中，TP=（最高价+最低价+收盘价）÷3

MA=最近N日收盘价的累计之和÷N

MD=最近N日（MA－收盘价）的累计之和÷N，0.015为计算系数，N为计算周期

怎样从CCI的变动中进行选股

CCI指标在实际运用中主要表现在对CCI指标区间的判断、CCI指标的背离和CCI曲线的形状等几个方面的分析和判断。

1. CCI指标区间的判断

CCI指标可以在正无穷和负无穷之间变化，但是，它有一个相对的技术参照

区域：+100和−100。一般来讲，在+100以上为超买区，当CCI指标从下向上突破+100线，表明股价处于强势上升状态，如果有较大的成交量配合，买入信号更加明确。在−100以下为超卖区，当CCI指标从上向下突破−100线时，表明股价将进入一个较长的探底阶段，投资者应以持币观望为主。在+100到−100之间为常态区，当CCI指标在+100线和−100线之间运行时，投资者可以参考KDJ、RSI等其他超买超卖指标进行判断。

2. CCI曲线的形状

CCI曲线的形状可以分为以下几种情况：

1）当CCI曲线在远离+100线上方的高位时，形成M头或三重顶等顶部反转形态，表明股价由强势转为弱势，股价可能大跌，投资者应及时卖出股票。如果股价走势也先后出现同样形态可以更加确认卖出信号的成立。

例如，长江投资在2010年3月26日至2010年4月20日期间，在图形上显示出CCI曲线在100线以上的高位，形成M头形态，表明目前趋势是向下的，后市股价可能会有相当大的跌幅，为卖出的信号，如图6-38所示。

图6-38　长江投资K线图

2）当CCI曲线在远离−100线下方的低位时，如果CCI曲线的走势出现W底或三重底等底部反转形态，表明股价由弱势转为强势，股价即将反弹向上，投资者可以逢低少量吸纳股票。

例如，美尔雅在2010年12月20日至2011年1月24日期间，在图形上显示出CCI曲线在−200线以下的低位，形成W底形态，表明目前股价由弱转强，后市股价可能会有相当大的涨幅，为买进的信号，如图6-39所示。

图6-39　美尔雅K线图

3. CCI指标的背离

CCI指标的背离是指CCI指标的曲线的走势和股价K线图的走势方向正好相反。CCI指标的背离分为顶背离和底背离两种。

（1）顶背离

当CCI曲线处于远离+100线的高位，但它在创出近期新高后，CCI曲线反而形成一波比一波低的走势，而此时K线图上的股价却再次创出新高，这就是顶背离。顶背离现象一般是股价在高位即将反转的信号，表明股价短期内将要下跌，是卖出信号。

例如，中体产业在2010年1月7日至2010年3月24日期间，在持续上涨的过程中，CCI曲线在100线以上的高位出现了顶背离的形态，这种形态预示着股价将在不久后调头下跌，是趋势反转的信号。后期果然走出了大幅下跌的走势，如图6-40所示。

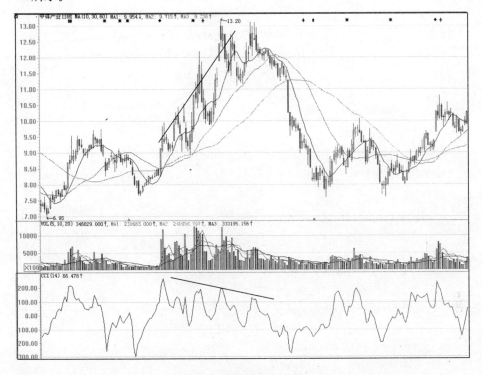

图6-40 中体产业K线图

（2）底背离

当CCI曲线处于远离−100线的低位，当K线图上的股价一路下跌，形成一波比一波低的走势，而CCI线在低位却率先止跌企稳，并形成一波比一波高的走势，这就是底背离。底背离现象一般预示着股价短期内可能出现反弹，是短期买入的信号。

例如，大元股份在2010年3月15日至2010年5月17日期间，在持续下跌的过程中，CCI曲线在−100线以下的低位出现了底背离的形态，这种形态预示着股价趋势将要出现反转。该股后期果然走出了一波上涨的走势，如图6-41所示。

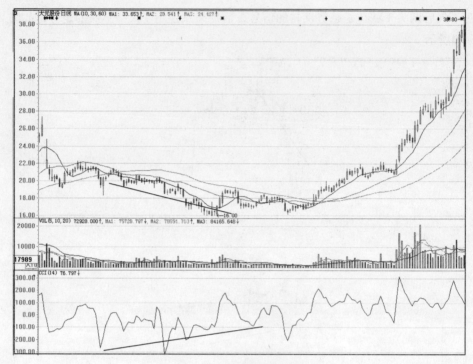

图6-41 大元股份K线图

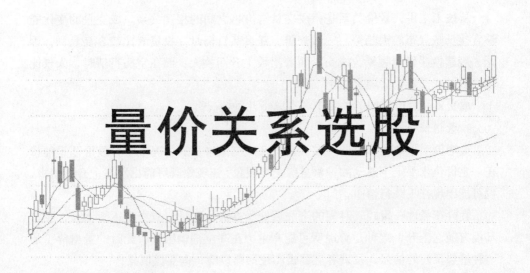

第 7 章

量价关系选股

俗话说："量是价的先行指标"、"量比价先行"。量，指的是某只股票在单位时间内的成交量，根据周期不同，可以分为日成交量、月成交量、年成交量等；价，指的是某只股票的价格，一般以收盘价为准，还有开盘价、最低价、最高价。一只股票价格的涨跌与其成交量大小之间存在一定的内在关系。价和量是股票市场提供的最基本、最原始的数据，量价关系的研究、趋势判断是一切技术分析的基础和核心。投资者可通过分析价与量的关系，判断大盘和个股的走势，选择买卖股票的时机。

如何看待量价关系

从技术上讲，量价关系是指成交量与价格之间的相互关系，成交量的变化能够直接反映股市的大趋势。一般来讲，在多头行情时，投资者比较容易获利，因此，股票换手较为频繁，成交量随着指数上升而放大；而在空头行情时，人气比较涣散，成交量也会随之缩小。

成交量和股价之间的关系主要有以下几种情况。

1. 量增价平

量增价平主要是指个股（或大盘）在成交量增加的情况下个股股价几乎维持在一定价位水平上下波动的一种量价配合现象。该现象既可能出现在上升行情中，也可能出现在下跌行情中。

股价在经过一段较长时间的上涨后处于高价位区时，成交量逐渐增大，股价却没有随之上升，这种走势说明可能有主力在高位悄悄出货，此时的量增价平是一种趋势反转的信号。投资者应警惕高位回落风险，需要谨慎操作。

股价在经过一段较长时间的下跌后处于低价位区时，成交量逐步增大，股价却没有同步上扬，这种走势表明可能有新的资金在打压过程中偷偷建仓。一旦出现了成交量逐渐增加、股价比较稳定的现象，预示着股价已在底部积聚了上涨的动力，是一种比较明显的转阳信号，也是量价配合的极佳买入信号。

例如，东方金钰股价在经过长时间的下跌后，于2010年8月19日开始持续放量，但同时期的股价却并未见有太大起色，而后期却展开了一轮波澜壮阔的大行情，股价翻了一倍多，如图7-1所示。

2. 量增价升

量增价升主要是指个股（或大盘）在成交量增加的同时个股股价也同步上涨的一种量价配合现象。量增价升现象一般出现在上升行情中，且大部分出现在上升行情的初期，有时也会出现在上升行情的中途。经过一段时间的下跌和底部盘整后，市场中逐渐出现许多利好因素，这些利好因素增强了市场预期向好的心理，预示着后市将开始拉升，此时是买入股票的最佳时期。

图7-1 东方金钰K线图

例如，中江地产股价在经过持续而漫长的下跌后，于2011年3月28日开始持续放量，股价在逐渐放大的成交量驱动下节节攀升，如图7-2所示。

图7-2 中江地产K线图

3. 量增价跌

量增价跌主要是指个股（或大盘）在成交量增加的情况下个股股价反而下跌的一种量价配合现象。量增价跌大部分出现在下跌行情的初期，有时也会出现在上升行情的初期。

在下跌行情的初期，股价经过一轮大幅上涨之后，市场上的获利筹码纷纷抛出股票，致使股价开始下跌，这种在高位出现的量增价跌现象是卖出的信号，投资者应及时了结离场。

例如，三峡水利股价在经过急速的拉升之后，于2011年2月16日开始下跌。与此同时，成交量并没有立即减少，说明获利抛售的现象比较严重，如图7-3所示。

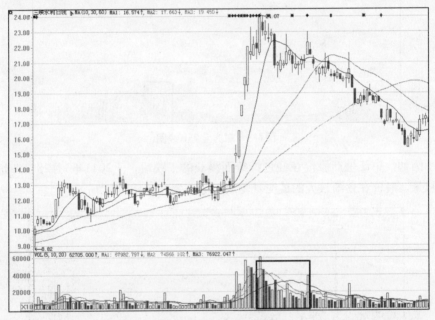

图7-3　三峡水利K线图

在上升行情的初期，个股出现量增价跌的现象，往往出现在股价长期下跌和底部盘整之后，是主力为了获取更多的低位筹码的采取的边打压股价边吸货的方式。在这种情况下，随着买盘的增多会逐渐改变，这种在低位出现的量增价跌现象是底部买入的信号。

例如，葛洲坝股价在经过长期的下跌和盘整之后，于2010年5月19日开始逐渐上涨。但是在2010年9月6日至2010年10月27日期间，该股出现了量增价跌的现象，成交量仍然在不断增长，而价格却出现了回调，说明主力在打压股价，是底部买入的时机，如图7-4所示。

图7-4　葛洲坝K线图

4.量缩价升

量缩价升是指个股（或大盘）在成交量减少的情况下个股股价反而上涨的一种量价配合现象。量缩价升多出现在上升行情的末期，有时也会出现在下跌行情的反弹过程中。

量缩价升发生在上升行情中，适度的量缩价升表明该股的高控盘性，大量流通筹码已经被主力牢牢控制，如果在上涨初期出现量缩价升，经过补量后股价还会有不少的上升空间。例如，金鹰股份股价在经过放量启动后，于2010年9月17日至2010年11月1日期间，在股价继续上涨的时候，成交量出现萎缩的状态，而后市该股仍然保持了上涨的态势，如图7-5所示。但由于量缩价升所显示的是一种量价背离的趋势，因此，在随后的上升过程中如果出现成交量再次放大的情况，可能意味着主力在高位出货。

量缩价升发生在下跌行情中，有可能是主力拉高出货，投资者要进行仔细的甄别，以免被套。例如，东风科技股价在下跌趋势中，于2008年1月28日至2008年3月8日期间，在股价回调逐渐放大的时候，成交量呈现下跌的趋势，结果该股短暂回调之后，下跌趋势更加迅猛，如图7-6所示。

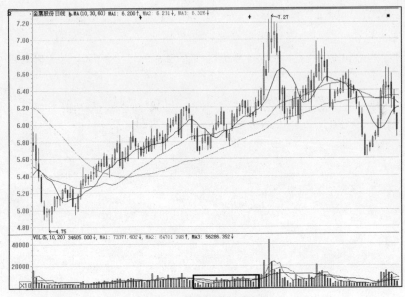

图7-5　金鹰股份K线图

图7-6　东风科技K线图

5.量缩价平

量缩价平主要是指个股（或大盘）在成交量减少的同时个股股价变化不大，处于盘整阶段的一种量价配合现象。这种现象通常出现在上升行情或下跌行情的末期。

经过大幅上涨之后的量缩价平现象已是强弩之末，并且随着成交量的逐渐缩小，投资者的心理也会变得相当敏感，稍有风吹草动，就可能将股价大幅打低。此时出现的股价走平趋势，是将要出现转势过程的过渡阶段，巨大的危机可能即将到来，投资者最好是退场观望。

在经过大幅下跌之后的量缩价平现象，如果成交量逐步减少，说明投资者出现了惜售心理，股价进行盘整。由于此时股价较低，容易吸引新的投资者加入，随着后市成交量的逐渐增多，将会开始新一轮的上涨。

例如东方金钰的股价在经过大幅下跌后，在2010年5月至2010年8月期间，成交量出现了逐步萎缩的现象，但此时的股价既没有上涨，也没有向下回落，而是在低位做横向盘整，事实上这也是一种见底信号，随后果然出现了大幅的上涨行情，如图7-7所示。

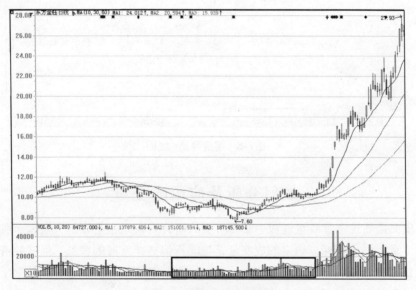

图7-7 东方金钰K线图

6.量缩价跌

量缩价跌主要是指个股（或大盘）在成交量减少的同时个股股价也同步下跌的一种量价配合现象。这种现象通常出现在下跌行情或上升行情的中期。

上升行情中的量缩价跌现象是市场的一种主动性的回调整理，说明市场上出现惜售心理，此时投资者可以逢低介入，通常情况下，这种回调的幅度不会很大，但是如果调整的幅度过大，意味着可能有主力出逃。

下跌行情中的量缩价跌说明多数投资者都不愿意进场接盘，套牢筹码在长时期内不能得到充分的换手，因此不能形成新的做多力量，股价也就不能上涨，从而导致恶性循环。这是一种明显的卖出信号。例如福建高速的股价在2010年4月以后伴随着成交量的减少而持续下跌，如图7-8所示。当然股票的下跌还与其自身涨幅高低和市场环境有着密切的关系。

图7-8　福建高速K线图

如何分析及应用成交量

　　成交量是投资者看盘过程中必不可少的研究对象，也是分析大盘和个股走势的一个重要技术指标。稳定的成交量是推动行情持续发展的根基，通常投资者心理变化都会在成交量上面体现出来，一旦发现成交量异常变化就要考虑投资者情绪发生的转变，这在实际操作过程中具有非常重要的意义。分析投资者的情绪事实上就是分析市场的情绪，掌握了市场的情绪变化，就有可能获得较大的盈利机会。

　　成交量可以用一定时间内成交的股数或者金额来衡量，成交的股数或金额越大，成交量就越大。因此，成交量反映股票在某个时间段内交易的情况，成交量越大说明当时的交易越活跃，股票流通性越大。

　　在使用成交量指标分析的时候，通常会关注成交量的变化和成交量均线这两个指标，如图7-9所示。

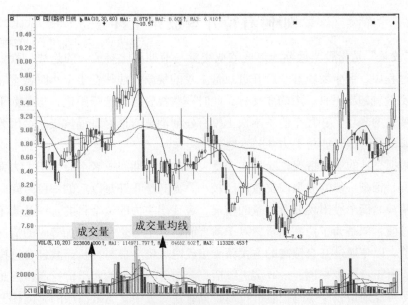

图7-9 成交量及其均线

成交量是在一个时间单位内撮合成交的股数，在K线图上是用条形实体来表示的，通常在走势图的下方显示，图中的英文字母VOL就是成交量的意思。如果当天收盘价高于成交均价，成交柱呈红色；反之，成交柱呈绿色。图中VOL（5，10，20）表示5天、10天、20天成交量的均线，括号里的数字可以根据投资者自己的需要进行设置。

成交量是一种供需表现，代表着投资者购买股票意愿强弱的循环过程，能够实时地反映出市场人气的聚散，将人气聚散用数字化表示便是成交量。当一波行情开始的时候，成交量开始逐渐增加，市场人气开始聚集；当行情结束并进入整理阶段时，成交量便开始逐渐减少；当股价下跌时，市场人气涣散，成交量便会随之缩小。

成交量均线与K线相似，成交量可以根据不同的交易期间显示均线，简称均量线。均量线在成交量柱体的上方显示，如果短期均量线向上穿过长期均量线称为黄金交叉。即5日均量线向上穿过10日均量线称为黄金交叉，同样的道理，如果短期均量线向下穿过长期均量线称为死亡交叉，即5日均量线向下穿过10日均量线称为死亡交叉。通常情况下，均量线会较频繁地上穿和下穿，因此，最好是配合其他技术指标进行使用。

如何看待开盘放量上冲

"放量"是指股票近期所形成的成交量与前期相比有放大的趋势。投资者在看盘过程中，经常发现有个股开盘放量上攻的现象，往往在半个小时甚至15分钟内成交量就超出平日一天的成交量。此时一些投资者会选择跟进，但是如果大盘没有明显的表现，并且个股基本面上没有任何消息，最好是谨慎操作，因为大量涌进来的买盘很可能是主力在刻意地进行运作。

根据交易的实际情况，除非在大盘大涨的牛市期间或者个股处于主力强力运作期间，否则一般的股票成交量都比较小，尤其是在开盘以后的一段时间内交易更是清淡。而个股出现开盘放量的情况，表现出主力的两个目的：一是为了快速拉升该股，二是为了拉高出货。对于前者而言，主力想在不增加筹码的情况下拉高股价，以便通过开盘拉高的方式诱骗短线跟风资金参与，从而减轻自己拉升的压力。对于投资者来说，一旦买进以后，会随之将预期的卖出价提高，因此主力要想尽可能地用较少筹码把股价拉高，只有在一天中交易最清淡的时候往上拉效果才更佳，开盘以后就是最好的时段。对于此种开盘冲高情况，投资者可以大胆跟进。而对于第二种情况，主力要想成功出货，首先需要采用开盘放量拉高来尽力吸引市场的注意力，尤其在市场上人气不足、成交量低迷、个股下跌较多的局面下。也正因此，此种操作方式的成功概率也就相对较高。对于此种开盘冲高，投资者最好是避而远之。

那么，投资者如何才能准确地判断出开盘放量到底是哪一种情形呢？是跟进还是避开呢？下面介绍一些基本的分析方法。

1. 查看股价所处位置

股价所处的位置是看透主力意图的一个较好的依据。主力一般是在前面已经获得较大利润、股价已处于相对高位的时候才会出货。因此，如在历史较高位置出现开盘放量的情形，主力拉高出货的可能较大，投资者一定要提高警惕。而若股价所处位置不高，前期涨幅相对也不大，则主力继续做高股价的可能性较大。

2. 股价上去后能否稳住

开盘冲高之后，要看后面的交易时间中走势能否稳住。如果股价在冲高之后，在高位一直保持横盘的状态，甚至在休整之后出现再度冲高，表明主力做高股价的可能较大；如果股价在冲高后逐步回落，收盘时收出较长上影线，表明主力边拉边出，拉高出货的意图较为明确，投资者此时绝对不可贸然跟进。

如何看待成交量的圆弧底

成交量的圆弧底是指成交量的由巨量而递减→盘稳→递增→剧增，其形状如同圆弧形一般。一般情况下，在股价从高位往下滑落的过程中，成交量也会随之减少，股价触底盘稳不再继续下跌，呈现盘整状态，成交量也萎缩到极限，此时可以认为已经见底。此后，随着成交量的逐步递增且股价坚挺，量价配合之后又具有向上攻击的能力，成交量由萎缩而递增代表供求状态已经发生改变。因此，当成交量的弧形底出现之后显示股价将反转回升了。而其回升的涨幅及强弱决定于圆弧底出现之后成交量放大的幅度，放大的数量愈大，则股价大幅拉升的能力愈强。

底部区域出现的成交量萎缩表示浮动筹码已经大幅减少，现有筹码的稳定性较高，如果此后再次出现成交量的递增则表示多方已经开始做多，筹码供需力量已经开始改变，并酝酿上攻行情。但是，当成交量见底的时候，预示着投资者的情绪也见底了，入场意愿不断减弱。如果当人们做多欲望处于最低的时候，股价却不再下跌，那只是说明做空的欲望也正处于最低状态，此时一般是筑底阶段。

在成交量的底部买入的投资者一定是具有很大的勇气和信心，实际上，这种做法也是相对保守和安全的，其面临的风险比在市场趋势明朗之后买入要小得多。只要有足够的耐心，并长期持有，一般情况下都能够获得不菲的收益。

例如，鄂尔多斯在2010年4月22日至2010年7月21日期间，成交量经历了由多到少和由少逐渐增加的变化，形成了一个圆弧底，后市随着成交量的逐步增加，量价齐升，走出了较长时期的上涨行情，股价上涨了两倍多，如图7-10所示。

图7-10 鄂尔多斯K线图

如何看待底部放量

底部放量是指个股（或大盘）处于低位时成交量放大。底部是投资者需要非常关注的地方，底部放量通常会被认为是股价结束调整、新资金介入的一个信号，往往预示着个股（或大盘）启动的开始。但在实际的看盘中，伴随着放量，一般会出现上涨、下跌和盘整三种不同的走势，因此，分析和判断大盘和个股是否底部放量，必须从一个较长的时间跨度来看，并且必须结合当时的宏观面、政策面、企业的基本面以及技术面的送配、除权等方面因素进行综合、全面的分析，而不能仅仅根据当前的股价和成交量就做出底部放量的判断。下面分别进行具体的分析。

1. 底部放量上涨

股价长期处于底部，市场人气一般非常薄弱，此时出现大成交量的较大可能性就是主力的对倒，而主力在底部对倒放量的意图也是非常明显的，就是为了吸引市场资金的跟进。市场买单接的是主力的筹码，同时也说明了这个位置肯定不是主力的建仓区，主力早已完成了建仓，甚至有可能是深度被套。既然主力已经开始拉升，投资者就需要进行观察，如果底部的放量并非巨量，后市走强大盘的可能性还是很大的。如果是放出巨量，则主力的目的可能是出货，股价可能会返回原地。

例如，宁波韵升在经过长期的下跌之后，成交量出现极度萎缩，股价也处于低位。2009年1月6日起，该股的成交量逐渐增加，但是并没有出现巨量，后市出现了较大的上涨幅度，如图7-11所示。

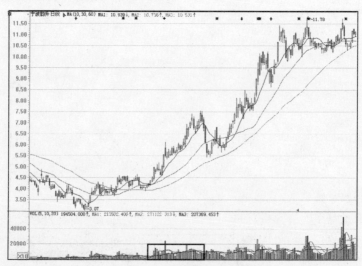

图7-11　宁波韵升K线图

2. 底部放量下跌

底部放量下跌是突破底部平台以后的持续性下跌，放量的时机是判断是否下跌的要点。如果刚向下突破就放量（跌幅在5%以内），说明有非市场性交易的成分，可能是主力自己的对倒，或者是新老主力的交班。一般来讲，新主力会要求一个比市场更低的价格。这种情况下，股价不会无休止地下跌，通常会在一个跌停板之内，放量以后还是会回升的。

如果开始的时候出现无量向下突破，接着在连续下跌后开始放量，并且其中有不少买单，这种情况通常是主力认赔出局。

另外，要注意在长期下跌过程中出现的短期底部，极有可能只是股价的短暂反弹，反弹之后有可能会开始新一轮的下跌，此时的放量信号是出货的信号。

例如，东华实业股价在下跌的趋势中，2010年12月7日至2010年12月22日期间成交量出现较大的增长，但是股价没有随之上涨反而出现了下跌的趋势，甚至走出了比前期更低的底部，此时的放量就不是好的信号，如图7-12所示。

图7-12　东华实业K线图

3. 底部放量盘整

底部放量盘整的情况相对来讲更加复杂一些，可以分为主力护盘、分仓或更换主力等多种情况。如果大盘一路下跌，股价却只是盘整，此时的成交量又不放大，表明有主力在护盘。有时候另外一个买家需要一笔筹码，而市场上的成交量比较小，因此，会与主力协商在某个区域接主力的筹码，这样也会出现放量，但是实际上只是一次大单交易而已，交易之后，股价仍然会继续盘整，说明是在分仓，分仓的特点就是在盘中多次出现大单成交但是却没有上推或下压股价的现象。如果大盘一直在盘整，并且成交量非常大，那么就有可能是在更换主力。

如何看待无量涨停

无量涨停一般指股票在成交量很少的情况下，就达到了涨幅限制（即涨停板），通常出现在上升趋势中和长期下跌的底部。如果某只股票开盘即封涨停，只要当天涨停板不被打开，则次日仍有较强的上冲动力；如果某只股票在尾盘时突然被拉至涨停，那么主力有可能会在次日出货或进行骗线，投资者要谨慎对待此种情况。

如果某只股票处于上升趋势中，并且前期上涨的幅度不是很大，此时若出现无量涨停，甚至出现一字线形式涨停，则第二天和第三天还会继续涨停，对这种股票投资者可以大胆地买入。

例如，*ST宝硕在上升趋势中，但是涨幅并不大，于2011年1月7日开盘就被封死在涨停板上，其成交量自然很小，后面几日重复了涨停的走势，如图7-13所示。

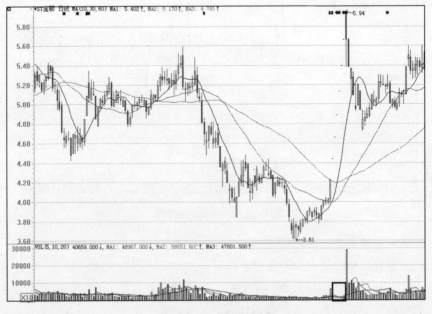

图7-13　*ST宝硕K线图

底部无量涨停是指股价在底部涨停时会出现无量的情况。如果大盘并没有出现大的波动并且个股方面也没有利好的消息面，而股价在底部整理一段时间后突然出现涨停，那么基本上可以断定是主力所为。但是，在实际操作中，可能会有各种不同现象发生。下面分析两种底部无量涨停的现象。

1. 下跌放量、底部有量而涨停无量

在下跌的过程中放出了很大的量表明有主力出逃，等到达底部之后若又出现了放量，意味着有新的主力介入，当新主力在底部拿到一定的浮动筹码之后就会开始拉升，由于新主力的成本在底部，希望能够尽量地拉高股价，所以，常常是拉出涨停，而且觉得现在还没有到出货时候，就会出现涨停无量。

例如，*ST盛工在下跌的期间，成交量有所放大，且在底部也有较大成交量出现，于2010年7月22日，在没有太大的成交量的情况下突然拉出几个涨停，说明该股已经进行了新老主力的更换，新的主力开始拉升该股，后市走出了不错的走势，如图7-14所示。

图7-14 *ST盛工K线图

2. 下跌无量、底部无量而涨停也无量

下跌无量、底部无量，说明该股在这两个阶段都没有主力参与，但接下来出现了无量涨停，一般来讲，既然涨停也没有量，说明没有新主力建仓的过程，拉升仍然为老主力所为。在涨停以后要进一步密切观察主力的行为，一旦出现放量下跌，投资者要尽快离场，以免被套。如果出现新主力建仓的情况，通常来讲，可以看高一线。

例如，*ST黑化在下跌的期间成交量一直没有怎么放大，底部也没有明显的大成交量。该股于2010年7月27日突然拉出几个涨停，仍然没有太大的成交量出现，这就说明这一拉升仍然为老主力所为，投资者可以密切关注该股后期的走势，择机进入或者是逢高离场观望，如图7-15所示。

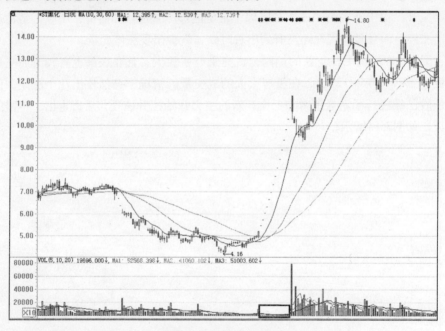

图7-15 *ST黑化K线图

如何看待巨量长阳线、长阴线

巨量是放量的一种极端表现形态，是指市场上形成的成交量与前期相比有了巨大的增幅，巨量的形成说明了绝大部分投资者对市场后期走势的分歧很大，在放出巨量的同时，市场上可能会出现长阳线和长阴线两种情况。下面分别对其进行分析。

巨量长阳线是指当天成交量放出近期天量，股价上涨，最后以长阳线收盘。遇到这种情况，投资者首先要观察这根长阳线的位置，如果在股价长期下跌并且跌幅比较大的情况下，长阳线的位置正好是在底部突破日K线的关键部位，且后面回调不深，可以放心介入。如果后面几日缩量盘整在阳线实体之上，为较强的上涨信号；后面几日回档至阳线实体三分之一以上的，为一般上涨信号；后面几日回档至阳线实体二分之一以上的，发出的信号更弱。如果后面回调过深，甚至把整个阳线都吞噬掉了，那么最好是继续观望。

例如，歌华有线在长期下跌和盘整之后，于2009年11月2日放量拉出一个长阳线，接下来的几日，缩量盘整在阳线实体之上，为较强的上涨信号，后市走出了较强的走势，如图7-16所示。

图7-16　歌华有线K线图

如果股价涨幅已经比较大，价位已经比较高，此时放量收出大阳线，多是下跌信号，如果后面走势出现转变，投资者要尽快出局观望。

例如，国电电力在一波不小的涨幅之后，于2010年3月31日放量拉出一个长阳线，次日，出现了十字星，后面该股走势逆转，走出了一轮跌势，如图7-17所示。

巨量长阴线是指当天成交量放出近期天量，股价下跌，最后以长阴线收盘。遇到这种情况，投资者仍然首先要观察这根长阴线的位置，如果在股价上升了较长时间，上升的幅度也比较大之后出现长阴线，通常表明主力已经完成了拉高出货，如果不及时出局，则免不了被套。

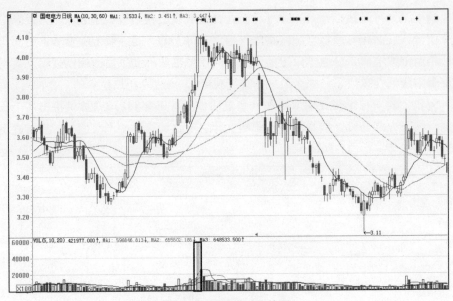

图7-17 国电电力K线图

例如，包钢股份在一波较大的上涨之后，于2010年11月4日突然高开低走，成交量急剧放大，收出一根巨量大阴线。此种情况多为主力拉高出货，后市该股果然开始快速下跌，如图7-18所示。

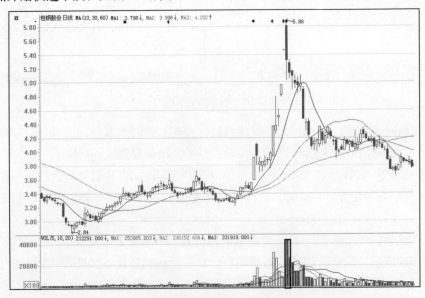

图7-18 包钢股份K线图

如果在股价长期下跌并且跌幅比较大的情况下，最近又出现加速下跌态势，且拉出巨量长阴线，则多为底部信号，投资者可以密切关注，择机买入。

例如，美的电器在长期下跌之后，于2010年5月7日成交量急剧放大，并拉出一个长阴线，说明底部将至，在此后一段时间，形成了比较稳定的双底，更加明确了底部的信号，投资者可择机买入，后市走出了不弱的行情，如图7-19所示。

图7-19　美的电器K线图

如何看待股价过前期高点

股价的前期高点往往会成为股价以后上涨的重要阻力，因此，股价如果能够突破前期高点构成的阻力线，则前期高点阻力线就转变成未来股价的支撑线，该股极有可能创出新高。因此，股价过前期高点也是投资者需要关注的一个信号。股价与成交量配合过前期高点，通常有两种情况，一种是放量突破前期高点，另一种是轻松越过前期高点。

放量突破前期高点一般出现在上升趋势的初期，庄家还没有搜集足够的筹码，放巨量冲过前高点，可以进行强行建仓。冲破前期高点构成的阻力线可以是单根长阳线，也可以是温和放量的几根阳线，总之在冲过前期高点时应有成交量的配合。如果股价冲过前期高点后成交量开始萎缩，要警惕主力拉高出货，股价如果重新跌破前期高点应及时止损出局。

例如，天利高新在上升趋势的初期，于2011年2月22日放出巨量，随后几日又出现较大的放量，伴随着成交量的放大，股价冲过前期高点形成的阻力线后继续上升，后期没有回档，新的一波涨势确立，投资者可以放心介入，如图7-20所示。

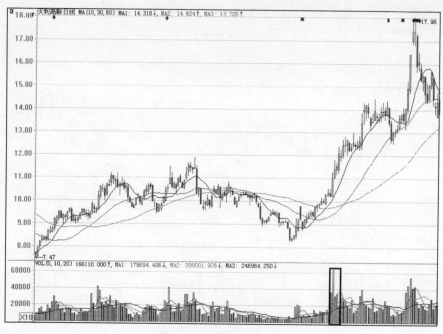

图7-20　天利高新K线图

轻松冲过前期高点一般出现在上升趋势的中期，庄家已经将大部分的筹码锁定，可以轻松地控制股价越过前期高点。但是如果是假突破或主力在骗线，则股价很快就会再次跌到前期高点之下。一旦确认股价有效突破前期高点，则后市上升的空间通常是可观的。

例如，大有能源在经过一波上涨之后，于2010年8月3日开始短暂的回调，随后开始缓慢的爬升，小阳线居多，也没有出现太大的成交量，股价轻松地越过了前期高点。即使出现回调也没有跌回到前期高点之下，可以排除假突破或主力骗线的情况，后市果然走出了一波较大的行情，如图7-21所示。

图7-21 大有能源K线图

第 8 章

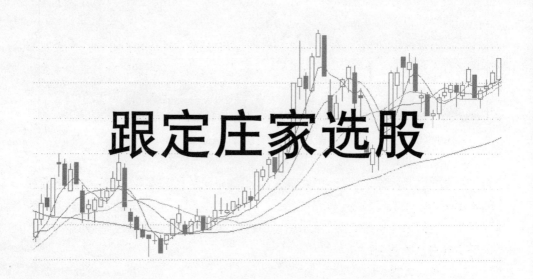

跟定庄家选股

庄家通常都拥有雄厚的资金，能够根据需要收集大量的股票筹码，在较大程度上影响股票价格的走势。投资者要想在股市中获利，跟定庄家选股是一个不错的选择。但是，要想成功跟庄不是那么容易做到的，投资者不仅要了解庄家坐庄的步骤，庄家的运作手法，观察、剖析庄股的盘面特征，找到庄家的踪影，还必须清楚庄家经常使用的阴谋和骗局，知己知彼，才能获得投资的成功。

什么是庄家

在股票市场中，庄家是一个重要的活跃因素，他们掌握着能够操纵股票价格变化的资金量，通过主动影响股价的涨跌来进行盈利，在给广大中小投资者带来风险的同时，也带来一些投资机会。

庄家坐庄之后，首先要将坐庄的股票公司前景描绘得非常美好，其股票图形做得符合上涨的指标和信号，从而诱骗散户买入，然后才能功成身退，享受胜利的果实。反之，如果庄家不能引诱散户跟进，将股价做高之后，随着成本的不断增加，就可能以失败告终。与散户相比，庄家具有很多优势，但也存在一些劣势。

1. 庄家的优势

（1）资金优势

庄家最大的优势在于其资金量巨大。资金是坐庄的前提条件，只有具有雄厚的资金实力，才能在股票市场中叱咤风云，呼风唤雨。许多实力机构拥有几十亿元巨资，他们通过高抛低吸、逢低建仓、逢高出货等策略操纵着某些股票的价格，从而实现自己的盈利。

（2）信息优势

由于庄家一般是一些实力雄厚的机构，他们往往有自己的各种畅通的获取信息和传播信息的渠道，能够提前准确地了解一些信息。并且总是能够得到一些上市公司的内幕消息，并根据其对市场的影响制定出相应的操作策略。有时庄家还会向市场散播一些虚假信息，来诱导散户上当，从而隐藏他们真正的目的。

（3）政策优势

庄家对国内外经济形势的感觉比较敏锐，对国家宏观的方针政策以及股市的相关政策研究比较深入，并不断地进行跟踪分析，不仅使其自身的投资行为与国家的经济政策相一致，而且时刻保持适当的"前瞻性"。

（4）思维优势

庄家往往对大盘走势有比较准确的把握和预测，思维相对比较超前。当大盘狂跌、散户们纷纷出逃之时，庄家往往已经提前一步开始调集巨额资金悄悄建仓。而在个股异常火爆，散户们争先恐后地买进杀入时，庄家却已经开始抛售股票出逃。并且，庄家对散户的心态非常了解，总是根据散户的心理设计相应的骗局和陷阱，往往能够得逞，因此，庄家在思维方面具有较大的优势。

（5）成本优势

庄家资金量较大，购买股票的价格通常都比较低，或者不断高抛低吸，在不丢失筹码的情况下赚取差价，或者是进行洗盘，以更低的价格收到筹码，并且手续费比较低，因此，在操作上具有较大的成本优势。

（6）人才优势

庄家拥有一批高水平的操盘手和精通股市基本面和技术面的人才，例如优秀的操盘手、政策研究员、行业分析师以及高级公关人才等，因此，他们具有比较突出的人才优势。

（7）技术优势

庄家具有优秀的股票人才，自然也掌握着较高的股票技术。而且，庄家还经常利用散户熟知的技术分析，来反向操作，造成骗线，有时甚至连一些颇有技术分析知识的投资者，也经常成为这类骗线的受害者。

2. 庄家的劣势

（1）容易被套

散户其实不会被套，只要散户愿意什么时都可以卖，但是庄家因为资金过于庞大，进出股市时并不像想象中的那样轻松自如，在没有行情的时候，庄家想多卖出点，就会引起价格的下降，散户就开始跟风抛售，这样会导致庄家得不偿失。

（2）时间成本高

庄家的资金大都有时间成本，而且很多资金的利息是高于同期存款利息的。这些资金在短时间内确实有较大的威力，庄家利用它们可以操纵股价的涨跌，但是时间一长，庄家就会有不堪重负的感觉了。

（3）股票上涨不一定赚钱

有时股票即使上涨也赚不到钱，为了能提高人气，庄家不惜进行自买自卖的表演，而且还要支付不小的交易费用，但有时还是没有人气。

庄家是怎样做庄的

一般来讲，庄家坐庄包括建仓、试盘、洗盘、拉升、出货5个步骤。

1. 建仓

建仓是指在股市中庄家在一段时间内不断买入某只个股的行为。一般所说的建仓就是指主动吸筹。被动吸筹就是指主力在操作股票的过程中遇到原先没有料到的局面，而不得不以大量买入来达到目的的行为。

建仓是庄家坐庄采取的第一步，通常出现在个股跌幅非常深的情况下，庄家往往会与上市公司联手，发布利空消息，造成市场上恐慌性抛盘，从而趁机在低位进行吸筹。

建仓时盘中经常出现规律性的向上冲击波。在盘面上，经常会出现大笔卖单挂留，当股价已被打压到较低价位的时候，在卖1、卖2、卖3挂有巨量抛单，实际庄家却在暗中吸货，一旦等到筹码接足后，庄家就会突然撤掉巨量抛单，这时股价将大幅上涨。在这一阶段的末期，技术指标经常出现"底背离"。K线形态中日K线经常在低位出现小十字星，或者小阴阳实体方块，K线组合在低位出现圆弧底、W底、头肩底、三重底、U形底、V形底等形态。

2. 试盘

指庄家在低位吸足了筹码之后，并不会马上进行拉升，而是要对盘口进行全面的试验，称做"试盘"。试盘时庄家一般先要将股价小幅拉升数日，然后看看跟风盘多不多，持股者的心态怎样。随后，根据得到的市场心理状况和市场筹码状况的反应，调整自己的交易策略，确认自己的建仓时间和成本，以及拉升的时间和拉升的目标价位等。

试盘时，成交量通常会出现温和放量或量价背离等走势。股价会突然被盘中出现的上千手大抛单砸至跌停板或停板附近，随后又被快速拉起；或者股价被突然出现的上千手大买单拉升然后又快速归位。日K线出现大阳大阴的走势，或者是大阳伴小阴、小阳伴大阴的组合形势。

3. 洗盘

庄家为达到赚取高额利润的目的，必须进行几次洗盘，使庄家持股成本进一步降低，同时让低价买进的散户抛出股票，让看好后市的投资者有机会跟进，这样后入市者的成本高，持股者的平均价位就会升高，有利于施行做庄的手段。

洗盘时，日K线出现大幅振荡，阴阳线夹杂排列，常常出现带上下影线的十字星。成交量无规则，但是有递减的趋势。洗盘结束时，成交量常常是地量的水平，部分获利盘、套牢盘、保本盘已经被洗出，留下的基本上都是坚定的持股者。

4. 拉升

当庄家将大量的持股者清理出局之后，就会进入快速拉升阶段。这一阶段的

初期成交量开始稳步放大，股价也随之开始上涨，移动平均线处于多头排列上升的状态，K线图中的阳线出现次数远远大于阴线出现的次数。这一阶段中后期成交量越放越大，股价也随之上涨越来越快。当个股的交易温度炽热、成交量大得惊人时，大幅拉升阶段即将结束。因此，投资者在此阶段后期的交易策略应该是离场观望，谨慎操作。

5.出货

出货是庄家操作的最后一步，关系到做庄的成败。这一阶段股价正在构筑头部，买盘虽然仍很旺盛，但已出现疲弱之态，经常会挂出大笔买单，只要有投资者跟进则会迅速撤单，或者是挂出的买单手数越来越小。K线图中阴线出现次数远远高于阳线的出现次数，技术指标经常出现顶背离。如果成交量连日放大，则表明庄家已在派发离场。

如何发现庄家的行踪

在瞬息万变的股票市场上，形形色色的庄家凭借强大的资金实力成为掌控市场的重要力量。那么，在众多的股票中，到底哪一只是有庄家的，哪一只是没有庄家的呢？下面介绍几种简单的方法。

1.查看十大股东情况

如果十大股东中有券商或基金，很可能他们中间就有该股的庄家。如果券商或基金的持仓量非常大，并且该券商的几个营业部也在这十大股东之中，或基金管理公司的几只基金同时在这之中，或同一地区的几个机构同时上榜，或同一个集团系的几个机构同时上榜，则这只股票中肯定有庄家。

2.留意公开信息制度

股市中每天都要公布当日涨跌幅超过7%的个股的成交信息，主要是前五个成交金额最大的营业部或席位的名称和成交金额数。如果这些营业部席位的成交金额占到总成交金额的40%，即可判断有庄家在进出。

3.通过盘口和盘面来看

庄家可以利用股价走势对技术指标进行精心的描绘，但由于庄家的进出量大，如果进出的周期过长很有可能会延误时机，导致做庄失败。因此，庄家进出必定会在盘口留下痕迹，即在买盘或卖盘中挂出巨量的买单或卖单，并且数量以整数居多，例如1000手、5000手等，都表明有大资金在活动。

4. 从换手率查看

如果个股在一两周内突然放量上行，并且换手率累计超过100%，则大多是庄家拉高建仓所致。对于新股来说，如果上市首日换手率超过70%或第一周成交量超过100%，则一般都有新庄入驻。

5. 从成交龙虎榜判断

如果个股在升幅超过7%时，某券商有几家营业部同时上榜或上榜时所占的成交量比例很高，表明该股的庄家正处于强势拉升中。

6. 查看个股的周K线图

将周K线图的均线参数可设定为5、10、20，一般情况下，当周K线图的均线系统呈多头排列时，说明该股有庄家介入。因为只有在庄家大量资金介入时，个股的成交量才会在低位持续放大，同时股价随之上涨，从而周K线的均线系统呈现出多头排列。

如何观察庄家的持仓量

庄家无论是短线、中线还是长线操作，其控盘程度最少都应在20%以上，只有控盘程度达到20%的股票才做得起来，少于20%除非处于股市行情特别好的情况下，否则是做不了庄的。通常情况下，如果控盘在20%～40%，股性最活，但是浮筹比较多，拉升难度较高，上涨空间较小；如果控盘比例在40%～60%，股性活跃程度更好，上涨空间更大，这个程度就达到了相对控盘；若超过60%的控盘量，则股性活跃程度较差，但上涨空间巨大，属于绝对控盘，通常会产生大黑马。庄家持仓量越大越好，因为升幅与持仓量一般呈正比的关系。投资者要跟庄时，最好跟持仓量超过50%的庄。

观察庄家持仓量，需要注意以下三个方面。

1. 成交量

如果庄家一直在增加持仓量，则成交量是不会放大的，一般成交量呈现涨时持平、跌时明显萎缩。否则，如果每轮上涨都明显放量，下跌时逐渐缩量，则庄家的持仓量不大，而且有可能在减少。

2. 走势形态

如果股票呈现小振幅缓慢上涨态势，则庄家的持仓量必然是在增加。如果股票K线呈现带状上升通道，即价格的日K线运行在一条整体趋势向上的带状区域里，每一个波段的反弹高点将会高于前一个反弹高点，每一个波段的回调低点也将会高于前一个低点，这样的走势一般也是庄家在增加持仓量。一般每一次明确的短期头部，都是庄家的一次减仓的过程，即便下一次涨幅超过了前一个高点，庄家的持仓量也可能已经减少了。如果K线整体上呈现减速上涨，短期头部一个接一个，那就说明庄家要出逃了。

3. 横盘时间

只要股价能够盘住，就说明庄家在运作，且盘的时间越长，则说明走的筹码越多。在股价达到最大的密集区之前，庄家的持仓量难以达到大幅拉升的标准。庄家必须要有充分的回档、整理过程，才能让长期被套牢的投资者们将股票卖出来的。如果一只股票已经在密集区上方整理得相当充分了，那么它的庄家持仓量应该已经非常高了，这只股票已经具备大幅上涨的条件了。

如何计算庄家的持仓量

计算庄家的持仓量，可以很好地帮助投资者判断庄家目前处于何种阶段。如果是建仓阶段就应该伺机跟进；如果是出货阶段就应该赶快平仓出局。但是要确切地知道庄家的持仓量是一件很不容易的事情，投资者只能根据不同的阶段、不同的时间，用某种方法去大致地进行估算。

1. 吸货形态

庄家要吃进足够数量的筹码一般需要经过两个阶段：低位吸货和拉升吸货。低位吸货阶段的持仓量比较容易计算，可以认为吸筹量大约占全部成交量的15%～30%的水平。

在拉升阶段股价通常会有两种走势，一种是急速拉升，这是庄家主动吃进筹码的方法，一般吸筹量在50%左右；一种是缓慢拉升，在这种走势下，庄家往往是边拉升边出货进货，不断地赚取差价以降低成本，一般情况下，庄家的吸筹量在25%～35%。

2. 吸货时间

对于那些吸货期比较明确的个股，能够方便地大致推算出庄家的持仓量，其公式为：持仓量＝（吸货期×吸货期每天平均成交量÷2）－（吸货期×吸货期每天平均成交量÷2×50%）。从公式中可以看出，吸货期越长，庄家持仓量就越大；每天成交量越大，庄家的吸货也就越多。

如何计算庄家的目标位

作为跟庄投资者来讲，最希望得知的莫过于庄家的目标位了，知道了目标位，就可以成功地坐轿子，在庄家离开之前首先逃顶，获得不菲的收益。但股票的趋势变化莫测，要想计算出目标位可是困难重重，一般情况下，投资者可通过坐庄时间的长短、盘子大小等因素估计出庄家大概的目标位。

1. 观察坐庄时间长短

坐庄时间越长，目标价位就越高。庄家有短线庄家、中线庄家、长线庄家之分，短线庄家的目标位不太好把握，有的短线庄家达到10%的涨幅就离场了。中线庄家一般在涨幅100%左右的位置离场。但是，一些长线庄股，累计升幅可以高达10倍以上。因此，投资者可以通过K线图首先观察庄家的长短，如果某个股票短期快速拉高后便出现放量下跌，可能就是短庄；如果某个股票在庄家低位进入之后，一直没有什么太大的动静，可预测为中长庄。

2. 查看流通盘的大小

通常情况下，个股的流通盘越大，上升需要的动力也就越强，上升的幅度也就会受到一定的限制。而个股的流通盘小，则会比较有潜力，往往更容易得到收益，所以，非常值得投资者密切关注。

3. 关注庄家成本

目标位与庄家的成本密切相关，庄家的成本越大，越需要达到较高的目标位才能够获利丰厚。投资者可以观察目前价位庄家的获利空间如何，如果庄家获利非常微薄，则可放心持股。但是，庄家的成本并不会轻易让投资者知道，下面介绍一个简单的方法，通过预测庄家成本价了解目标位。

假设将个股从连续无量阴跌的第一次放量的那一天开始，连续一段时间内，每天都用收盘价乘以该日成交量并累加起来，再除以自第一天起总成交量的和，就是庄家的持仓成本。由此可以大概测算出庄家拉升的目标。

庄家的拉升目标也可这样算出：

目标位=持股成本×（1+庄家持仓量占全部流通股的百分比×2）。

如庄家持仓成本是5元，持仓量是30%，最低拉升目标就是5×（1+30%×2）=8元。

如庄家持仓成本是5元，持仓量是50%，最低拉升目标就是5×（1+50%×2）=10元。

庄家锁定筹码的特征有哪些

庄家拉升一只股票之前,一般在低位进行充分吸筹,这些就是锁定筹码。所谓的锁定筹码就是不论股票怎么涨跌,庄家都不会卖出的。庄家吸筹越充分,以后拉升股价就越轻松,当庄家开始拉升股价时,锁定筹码就会出现全部获利的状态。

筹码分布具有很大的直观性,通过横向柱状线和股价K线的叠加可以直观地标明各价位的筹码分布量。在日K线图上,随着光标的移动,系统在K线图的右侧会显示出若干根水平柱状线,线条的高度表示股价,长度表示持仓数量在该价位的比例。这些不同的柱状形态是股票成本结构的直观反映,不同的形态具有不同的含义。

如图8-1所示为永鼎股份在2009年3月9日的筹码分布图,从图中可以看到筹码比较集中,而且上方没有筹码,说明庄家锁定了不少筹码。

图8-1　筹码分布图

通常情况下,判断庄家筹码是否锁定,可以通过以下几点。

1. 地量长阳或封死涨停

庄家如果能够使用较少的资金轻松拉出大阳线,或者是拉出封涨停板,说明庄家已经建仓完成,筹码收集工作已近尾声,庄家已经具备了相当强大的控盘能力。

2. 遇利空打击股价不跌反涨

突发性利空袭来，散户筹码比较少，遇到这种情况可以轻松离场，庄家资金量一般都比较大，如果抛也没有人会接盘。于是盘面可以看到利空袭来的当日，开盘后抛盘很多而接盘更多，不久抛盘减少，股价企稳，实际上是庄家在护盘。

3. 走出独立行情

有的股票K线走出与大盘截然不同的走势，大盘上涨它不却不会随之上涨，大盘跌它也不会立即就跌。这种情况往往意味着该股的大部分筹码已经被庄家掌握。于是，当大盘下跌时，庄家便利用手中的资金将筹码接住，封死下跌空间，以防廉价筹码被人抢了去；当大盘上涨时，有大量的散户介入，但庄家此时仍不想发动行情，便利用砸盘封住股价的上涨空间。股票的K线形态通常表现为横向盘整，或沿均线小幅震荡盘升。

如何判断庄家的强弱

庄有强弱之分，投资者在进行跟庄的时候，如果能够成功地跟进一个强庄，并不被甩出，就能够顺利地赢得投资的成功。通常情况下，判断庄家的强弱有下面几点标准。

1. 走势强于同类板块其他个股

在目前的市场中，同一板块股票涨跌有时呈现联动规律，常常表现为同一板块的股票齐涨齐跌。而较强庄家介入的个股，会在走势上强于同类板块中的其他个股。

2. 查看流通盘的大小

在各种基本条件基本接近，走势形态差不多的时候，一般流通盘较大个股的庄家要强于流通盘小的庄家。因为流通盘大，庄家就需要更强的实力、更多的资金才能去操作和控制它。

3. 从时间判断

从时间角度来说，能够更长时间不理会大盘而走出独立行情的个股庄家较强。大盘上涨它大涨，大盘微跌它微升，大盘急跌它盘跌，其走势形态明显强于大盘，其控盘的庄家实力肯定比较强。

4. 从K线判断

强庄股庄家做多的欲望较强，市场的跟风人气也比较旺盛。从K线图上来看，多表现为涨的时间多于跌的时间，K线红多绿少，阳K线的实体大于阴K线的实体，

而且，短期均线呈多头排列，形态上升趋势明显。

5.从量能判断

万变量为先，强庄股自然也是如此，当股价在低位进行整理时，成交量则会从非常小到逐步放大，开始收集筹码；当收集筹码到中后期的时候，成交量会再度出现大幅减小，浮动筹码极少；在上涨的过程中，无量甚至微量上涨说明是较强的庄家控制，上涨的动力强大，上涨的后劲比较足。

6.从趋势线识别

强庄股的重要识别趋势线是10日线，在主力进行洗盘和震仓的时候，这一位置不会轻易跌破，即使偶尔出现跌破20日线的情况，也能够很快地被大单拉起，而且，表现出上涨温和放量、下跌异常缩量，说明市场上大部分筹码已经被庄家牢牢控制了。

庄家建仓的手法有哪些

庄家的建仓是关系到其操作成败的重要因素，为了降低成本，他们通常会耐心地等待利空消息或者大盘底部的出现，并且，建仓的时候有一些常用的操作手法。下面进行具体的介绍。

1.逆势建仓法

一般来说，投资股市都要顺势而为，但有些庄家认为逆势建仓更容易拿到筹码，而且容易引起整个市场的关注，因此，更喜欢反向操作。当大盘和个股受利空影响或其他原因而出现大幅跳水时，众多散户还没有从下跌的阴影中摆脱出来，对前景一片看淡的时候，庄家却已选好个股，开始逆势建仓，收集大量筹码。

2.上升通道建仓

这种建仓方法，一般情况下都是发生在空头力量大于多头力量，大盘形势不好的时候，这个时候。大多数抛单多为割肉之举，庄家采取多进少出的形式，隐蔽地吸纳廉价筹码，随着庄家资金的介入，买盘数量的增多，股价的下跌趋势逐渐停止，成交量也开始逐渐放大，悄悄地走出缓慢的上升通道。这种变化散户开始时很难发现，只有经过一段时间的延续之后，才能准确地分析出来。

例如，金发科技在2010年6月30日至2010年10月11日期间，在下跌的过程中成交量非常低迷。当股价下跌到了底部之后，庄家开始进入，随着成交量的不断增大，量价配合非常好，股价的上升趋势也不断延续着，形成了缓慢的上升通道，如图8-2所示。

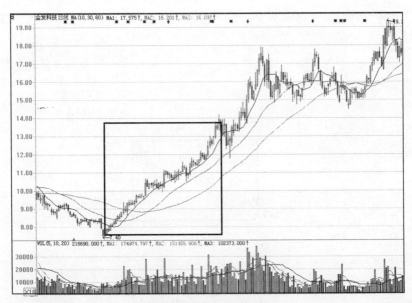

图8-2 金发科技K线图

3.打压建仓

打压建仓是指庄家通过人为控制股价，使其产生大幅度的下跌，给散户带来巨大的精神压力，从而卖出手中的股票。一般来讲，庄家在进行建仓的时候，总是会想办法降低持仓成本，因为持仓成本越低，庄家的主动权就越大，因此，庄家往往会使用手中的筹码打低股价，待股价不断创出新低，人心涣散时，再配合以利空传闻，使得散户们忍不住纷纷割肉，然后庄家就可以用较低的价格慢慢地收集，完成建仓的操作。底部历时越长，庄家收集到的筹码就越多。选择这种手法建仓的庄家一般有较雄厚的资金，保密工作也做得好。否则打压时被别人接盘就会前功尽弃。个股还要有潜在的题材，然后选择大市不断下跌的调整市道或个股有重大利空消息时介入，这样更可以事半功倍。

例如，太原重工在2010年9月30日至2010年12月14日期间，当该股下跌到真正的底部之后，在成交量放大的情况下，出现了缓慢上涨的走势，此时，抛盘数量不是很多，庄家为了买到大量的股票，就通过打压方式开始建仓，通过对倒使股价快速降下来，散户一看股价出现了大幅的下跌，往往会惊慌抛售，此时，庄家不断买入，因此，成交量在打压的低点形成了近期巨量，如图8-3所示。

图8-3　太原重工K线图

4. 反弹式建仓

这是庄家为了节省建仓时间经常采用的一种建仓手法。即利用人们"高抛低吸"、"见反弹出货"、"见反弹减码"的心理，庄家每过一段时间就制造一波反弹，引诱散户买进，然后又将股价打回原位，使买入者被套。如此经过几次反复以后，使散户们慢慢形成了"股价到了什么价位就可以抛掉，然后在底部又拣回"的心理定势。等到最后一次反弹的时侯，散户纷纷开始抛售，但股价却直线拉升，抛掉的股民要么后悔不已，要么会在更高位追进去。采用这种方法建仓，一般会在K线图上留下双重底、复合头肩底等形态。

例如，葛洲坝在2010年5月7日至2010年7月21日期间，当该股下跌到底部之后，庄家制造了一定的反弹，当散户慢慢跟进之后，庄家又进行打压；过一段时间之后，又再次制造反弹；等最后一次反弹时，伴随成交量的增大，股价开始大幅度拉升，如图8-4所示。

5. 连拉涨停法

这是庄家针对冷门个股常用的方法。它没有一个底部长期收集的过程，而是连续几天拉高，不断利用涨停板的打开与关闭，快速地完成建仓。长期冷门的股票使投资者形成"死股"的概念，被套得非常难受。因此，一遇上涨便会纷纷抛

售。这样，主力就轻而易举地收集到大量的筹码。

图8-4 葛洲坝K线图

例如，包钢股份在2010年7月6日至2011年3月16日期间，该股有一个长期的底部。在2011年2月17日，成交量突然开始放大，并拉出了一个涨停，在随后的几天，成交量不断放大，并连续拉出涨停板，庄家快速完成了建仓，随后走出不错的行情，如图8-5所示。

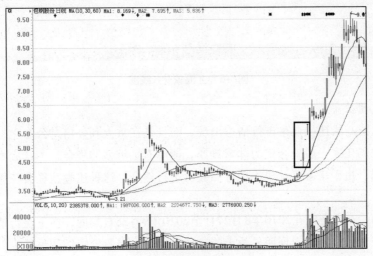

图8-5 包钢股份K线图

6. 推土机法

推土机法是一种非常形象的说法，就像推土机推土一样，这种建仓方式反映在K线图中，就是一根阴线后，出现一根阳线，然后再有两三根阴线，再出现两三根阳线，走势阴阳交错，股价在不知不觉中被慢慢推高。这种建仓手法比较隐蔽，股价又往往不是处在历史低位，散户一般很难看出庄家究竟是在建仓还是在拉高出货，而庄家就在这样不知不觉中收集到很多筹码。

例如，上海家化在2009年11月11日至2010年1月12日期间，当该股缓慢上涨一段时间之后，出现了阴阳交错的走势，与此同时，股价不知不觉被推高，庄家隐蔽地收集到了筹码，如图8-6所示。

图8-6　上海家化K线图

7. 急速拉高法

急速拉高法往往在牛市行情中出现，而且是在重大利好信息公布之时。采用这种方法的庄家一般资金实力非常雄厚，能够有足够多的资金，不计成本，快速吃进筹码。由于庄家不计成本地推高股价进行建仓，这种庄股往往会在短线出现迅猛的上涨走势。

例如，东方金钰在2010年8月27日至2010年9月28日期间，在上涨行情出现之前，成交量始终没有出现明显放大的迹象，但是，当股价短期调整结束以后，庄家突然进场开始大规模地建仓，成交量也明显增大，股价出现快速暴涨的走势，如图8-7所示。

图8-7 东方金钰K线图

庄家试盘的常用方法有哪些

庄家试盘是指庄家故意操纵股价，使其产生明显的异动，以此来试探市场的反应，然后据此来分析、判断，更好地调整或决定自己下一步和下一个阶段的操作策略。

常用的试盘方式有向上试盘和向下试盘两种。下面分别进行介绍。

1. 向上试盘

向上试盘是指庄家故意将股价推高，来测试市场的反应。如果拉升时有大量的抛盘涌出，说明在该价位甚至该价位的下方都可以吃到筹码；如果拉升时抛盘稀少，则说明在该试盘价位以下或附近大量收集筹码有困难，必须考虑以更高的成本价格进行拉高收集才能完成建仓任务。

2. 向下试盘

向下试盘是指庄家出其不意地将股价突然大幅打低，来测试市场的反应。如果股价很简单地就被打低，则表明该股中没有其他庄家吃货；如果向下试盘立即引发较多的抛盘，说明市场上持股者的心态不稳，浮动筹码较多，不利于庄家拉升，此时，庄家往往会将买盘托至阻力价位之前，然后再突然撤掉该买单，如此往复进行操纵，使股价不断下跌，以打击浮动持股者；如果向下试盘只是引发少量的抛盘，则说明市场中持股心态稳定，没有太多的浮筹。

庄家拉升的方法有哪些

投资者要想成功跟庄，分得庄家的一份利润，就必须了解庄家常用的拉升手法，以便在拉升初期就择机入场。庄家拉升主要有以下几种方法。

1. 快速式拉升

快速式拉升是指庄家在非常短的时间内迅速地将股价拉升到目标位，期间基本没有调整。采用这种方式进行拉升的庄家通常资金比较大，并且已经在低位收集了大量的筹码，其操作手段快、准、狠。在K线图上连续拉出大阳线或涨停阳线，制造井喷式行情，从而吸引了大量的跟风盘。

例如，江苏吴中在2011年2月28日至2011年4月19日期间，该股放出天量，还多次以放量涨停的方式拉升股价，使该股快速地从7.35元上升到17.51元，如图8-8所示。

图8-8　江苏吴中K线图

2. 波浪式拉升

波浪式拉升是指股价有起有伏，像波浪一样，但是，股价的低点和高点不断地抬高，呈现一浪高过一浪的局面。这种方式通常发生在大盘股和中盘股中，其表现形态比较稳健，容易得到散户的追捧。

例如，广州控股在2010年7月2日至2010年11月26日期间，该股从5.37元上升到9.40元，其股价属于像波浪一样，一波又一波地缓慢上涨，尤其在重要阻力区，以小的回调和横盘震荡的整理走势消化压力，如图8-9所示。

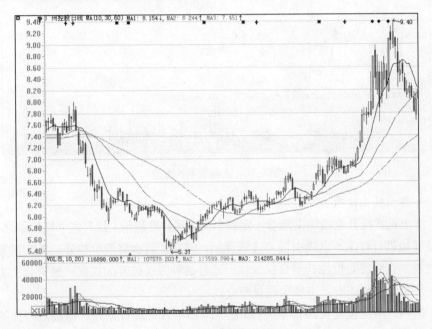

图8-9 广州控股K线图

3. 台阶式拉升

台阶式拉升是指在股价上涨了一定幅度后，采取平台或强势整理的方式调整，等将一些浮动筹码洗掉后再次拉升，拉升到一定的价位之后继续进行整理，不断重复这一过程，直至将股价拉升至目标价位。从K线组合上形成一个又一个的台阶。这种拉升方式能够稳定投资者情绪，不仅可以降低抛压，有利于拉升，而且可以保证在庄家横盘出货时不引起恐慌。

例如，人福医药在2010年7月5日至2010年11月25日期间，该股从14.35元上升到29.80元，从底部开始上涨一定幅度之后，就开始进行调整，然后再上升，再调整，从K线组合上形成一个又一个的台阶，如图8-10所示。

图8-10　人福医药K线图

4.推土机式拉升

推土机式拉升是指庄家沿着一定斜率的直线拉升股价，拉升到一定价位之后，往往开始进行打压，以吸引散户逢低吸纳，随后，再次将股价拉升，不断重复这一过程，直到将股价拉升至目标价位。通过这种方式拉升的庄家一般资金实力雄厚，出货时一般还有上市公司题材配合。

例如，中纺投资在2010年5月21日至2010年11月25日期间，该股沿45度的斜率直线拉升股价，拉升一段时间之后，开始进行打压，然后再进行拉升，再打压，不知不觉中该股中翻了一倍，如图8-11所示。

5.振荡式拉升

振荡式拉升是指庄家采取高抛低吸的方法不断进行波段操作，达到赚取利润差价的目的。通过这种方式，庄家可以不断地降低持仓成本和调整筹码结构，在K线走势图上，经常表现为波段的低点逐步上移，形成比较规律的上升通道。

例如，黄河旋风在2010年7月2日至2011年4月27日期间，该股从6.31元上升到18.77元。在底部拉升一段时间之后，就进行调整，调整之后再进行拉升，整体走势表现为振荡的上升趋势，如图8-12所示。

图8-11 中纺投资K线图

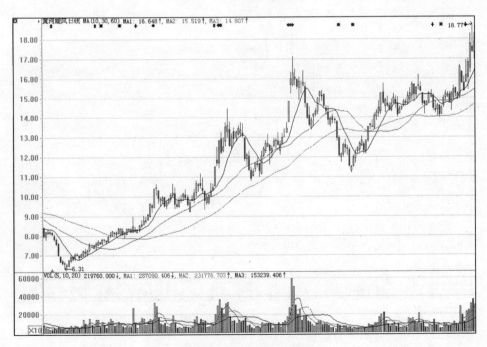

图8-12 黄河旋风K线图

庄家出货的手法有哪些

出货是庄家操作的最关键一环，直接影响着整个坐庄的收益如何。庄家出货的目的是尽量吸引比较多的投资者进场接手，而自己却在尽量高的价位上派发尽量多的股票。因此，散户必须了解庄家的常用出货手法，及早做出提防。

1. 杀跌出货

杀跌出货法是指庄家快速持续地将大笔筹码抛出，从而导致股价迅速下跌。这种出货手法多出现在前期股价上涨幅度较大的股票，由于庄家获利比较大，采用这种出货方式可减少随后可能发生的风险。不过这种出货手法过于简单生硬，庄家获利程度也会相对减少。

例如，武钢股份在2009年8月5日至2009年9月2日期间，该股上升到目标价之后，庄家采取了放量杀跌的出货方式，连续几个大抛盘使股价产生了快速的下跌走势，如图8-13所示。

图8-13　武钢股份K线图

2. 震荡出货

震荡出货是指庄家通过拉升、横盘、打压等方法进行出货。通常情况下，散户看到股价上涨，就想追进，当股价进入横盘或遭主力控盘打压时，就会引起心理恐慌。庄家正是利用散户的这一特点，将股价拉抬到一定位置，看人气旺盛，就借机开始出货。当股价下跌到某一支撑位时，就会出来护盘，借以恢复散户的信心。这样的出货和护盘动作交替就形成了震荡走势。

　　例如，广汇股份在2010年12月15日至2011年4月11日期间，该股上升到目标价之后，庄家采取打压、拉升等手法，将股价不断降低，达到了出货的目的，如图8-14所示。

图8-14　广汇股份K线图

3. 无量阴跌出货

　　这种出货方式比较隐蔽，经常发生在前期股价有过较大拉抬的个股中，出货时伴随着比较温和的成交量，股价在不知不觉中悄悄地走低，不容易引起散户的恐慌性抛盘，庄家能够轻松自如地顺利完成出货。

　　例如，大湖股份在2010年11月26日至2011年1月25日期间，该股上升到目标价位之后，庄家开始逐渐出货，但是成交量却非常小，伴随的却是股价逐渐下落，如图8-15所示。

图8-15　大湖股份K线图

4.整理形态出货

采用整理形态出货的个股往往业绩优良，散户心态稳定，如果采用打压洗盘，很容易造成主力筹码流失严重的局面。而采用整理形态出货，则可以有效地避免这一损失。不过，这种出货方法往往需要耗费较长的时间。

例如，上海机场在2010年1月18日至2010年4月19日期间，该股上升到目标价位之后，庄家采取横盘整理形态出货，在震荡中不断出货，如图8-16所示。

5.反弹出货

反弹出货是比较常见的一种出货方式，主要是指庄家在短时间内将股价急速拉升，然后在高位进行放量杀跌，完成出货。跌势中的初期是迅猛的打压、砸盘动作，将在高位的跟风者牢牢套住，投资者很少有解套的机会。

例如，复星医药在2010年4月22日至2010年7月5日期间，该股上升到目标价位之后，开始放量下跌，但是下跌到一定价位之后，成交量萎缩，庄家为了继续出货，就开始再次拉升，吸引投资者进场，拉升到一定的目标价位之后，继续出货，再次引发更加迅猛的下跌，如图8-17所示。

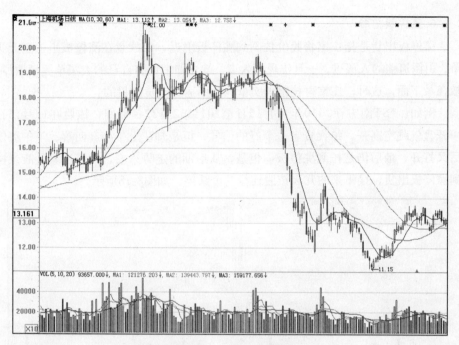

图8-16 上海机场K线图

图8-17 复星医药K线图

6. 涨停板出货

涨停板出货是指庄家将股价拉高到涨停板附近,并故意在涨停板上放上大买单,引诱追涨的人买进,一旦出现买入者,就立即悄悄将自己的大买单逐渐撤掉,放在最下面,这时,庄家再挂出大卖单,从而达到出货的目的。

例如,*ST南方在2010年11月15日至2011年2月22日期间,该股在11月15日一开盘就跳空高开,给投资者一个好的信号,但是却在上午冲高回落,下午涨停后又打开,最后仍是拉到涨停板。但是,从后期的走势来看,该股庄家是故意拉到涨停板出货,接下来的几天该股连拉几个跌停,如图8-18所示。

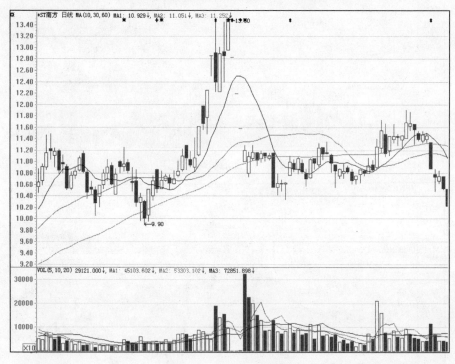

图8-18 *ST南方K线图

7. 诱多出货

庄家将股价拉高到一定的高位之后,随着出货的不断延续,愿意入场的投资者数量会越来越少,成交量随之减低。为了更加顺利地出货,庄家将股价拉起来,使投资者认为当前的位置不是顶部,而只是一次调整,从而再次进场,通过股价的上涨,庄家可以再次进行出货操作。

例如,卧龙地产在2010年1月12日至2010年4月30日期间,该股的股价见底之后，就在成交量放大的推动下展开了一轮连续的上涨走势，当股价上涨到了高位之后，庄家就开始出货，在相对高位形成了明显的顶部形态，并且成交量也越来越小。随之该股的庄家进行拉升，继续出货，等真正的顶部到来之后，股价出现了连续的下跌走势，如图8-19所示。

图8-19　卧龙地产K线图

第 9 章

股票投资的
风险防范

投资风险指的是投资中不能获得收益、本钱遭受损失的可能性。在投资者享受股票所带来的收益时，就要承受风险所带来的损失。由于股市中蕴涵了各种不确定因素，使股市充满了危机。但是，投资风险越高，其回报率也就相应越高。

股票投资的风险有哪些

影响股票收益变动的各种力量构成投资风险的要素。在股票投资中有可能遭受损失的风险主要有以下几种：政治风险、经济风险、市场风险、金融风险、经营风险和操作性风险。

1. 政治风险

稳定的政治环境是经济正常发展的基本保证，如果一个国家的政治局势出现大的变化，如政府更迭、国家首脑健康状况出现问题、国内出现动乱、对外政治关系发生危机时，其股票投资肯定也会受到一定的冲击。而且，对于那些在海外从事投资的上市公司来讲，当地社会、政治环境是否安定对它至关重要，一旦所在国发生动乱，不仅该上市公司在海外投资的利益会受到损失，而且它在国内发行的股票价格也会受到相应的不利影响。

2. 经济风险

经济风险是指影响股价波动的种种经济因素，由于经济因素的变化、经济政策变化、经济的周期性波动以及国际经济因素的变化，给股票投资者可能带来的意外收益或损失。主要包括：经济增长状况，通货膨胀，利率、汇率变动，财政收支状况等。

3. 市场风险

投资者对股票收益的预期所引起的大多数普通股票收益的易变性，称为市场风险。在股票市场上，投资者很难预测行情变化的方向和幅度。经常可以看到，基本面很好、收入节节上升的公司，其股票价格却持续不断地下降；经营状况不错、收入相当稳定的公司，其股票却在很短的时间内上下剧烈波动；而基本面不好、濒临退市的公司，其股票却走出一系列的涨停。

4. 金融风险

金融风险是与公司筹集资金的方式有关的。通过观察一个公司的资本结构就可以估计出该公司的股票的金融风险，资本结构中贷款和债券比重小的公司，其股票的金融风险低；贷款和债券比重大的公司，其股票的金融风险高。

5. 经营风险

经营风险指的是由于公司的外部经营环境和条件以及内部经营管理方面的问题造成公司收入的变动而引起的股票投资者收益的不确定。经营风险的程度大小通常取决于公司的经营活动,某些行业的收入很容易变动,其经营风险也就相应比较大。

6. 操作性风险

在同一个证券市场上,对待同一家公司的股票,不同投资者投资的结果可能会出现截然不同的情况,有的盈利丰厚,有的亏损累累。这种差异在很大程度上是因投资者不同的心理素质与心理状态、不同的判断标准、不同的操作技巧的造成的。

如何降低投资风险

股票的投资风险不能完全避免,但却是可以控制的。运用一系列投资策略和技术手段能够将风险降到较低的程度,主要应该从以下几个方面入手。

1. 从心理上控制风险

投资者的心理是引发股票投资失误的主要原因之一。要想在股票投资中盈利,投资者必须拥有较强的心理素质,保持一种宠辱不惊的态度,越是处于牛市中,越要能够控制自己的情绪,保持冷静;越是处于熊市中,越要能够理性地认识市场行情,不能盲目悲观。

2. 从操作上控制风险

投资者需要学会适当空仓,不能盲目地追涨杀跌,频繁操作,特别是当个股获利之后,要及时落袋为安,在个股股价跌至预先设定的止损位时,要及时离场观望。

3. 从仓位上控制风险

投资者的仓位越重,投资风险也就越大。一旦行情出现新的变化,大盘下跌时,重仓者必将面临严重损失。因此,投资者要根据行情的变化决定其仓位的大小,在市场行情较好的情况下,可以适当地重仓;在行情不稳定时,投资者一定要减轻仓位,以便于灵活操作。

4. 从持股上控制风险

投资者持有的股票品种不能太多,也不能太少,普通的散户以两三只股票为宜。最好是短线操作的激进型股票和中长线投资的稳健型股票配合持有,这样可以在行情变化时借助多样化效应，分散单个风险，进而减少投资的总风险。

散户普遍存在的问题有哪些

散户要想在股票市场中虎口夺食，绝对不是一件容易的事情，因此，散户投资者经常发生亏损也就不奇怪了。那么，散户投资者亏损、失败的原因究竟是什么呢？笔者从多年的从业经验及日常接触中，总结出了散户身上普遍存在的一些问题。概括起来，主要有以下几点。

1. 频繁操作短线

频繁操作短线是散户最容易犯的错误。看到市场中出现涨停的个股，总想着别的股票比自己手中的好，在急于盈利的贪念诱惑下不停地换股操作，结果却适得其反，在追涨中买在了高点，错过了自己原来持有的好股票。短线操作在某些时段的确可以比中长线操作来钱快，但只有顶尖高手才能以此方式赢利，普通投资者这样做只能是越操作越亏损，白白浪费手续费，甚至在牛市中也挣不到钱。

2. 不喜欢空仓

很多散户都不喜欢空仓，不管股市行情如何，只要账户上有钱，就总想买点股票。实际上，在股市中真正能够赚钱的投资者都是非常重视轻仓或空仓的，在股市中能够学会休息，就等于成功了一半。当大盘趋势向下时，大部分个股都是下跌的，投资成功的把握不大。如果此时投资者能够适时地轻仓或者是空仓，才能在出现好的买入机会时及时跟进，不至于丧失机会。

3. 偏信消息面

根据内幕、小道消息和某些顾问公司的建议来买股票，也是一部分散户常犯的一种错误。他们通常不分析基本面，不观察K线图，不分析股价走势，只是依赖信息面，相信小道消息，偏听股市黑嘴的预言，这样进行操作的结果注定是输多赢少。因为被散户得知的大部分消息面都是庄家为自己顺利出货所做的掩护。

4. 从众心理

不少散户买卖股票在很大程度上受周围人的影响，看到别人买什么股票自己就跟着买，没有自己的主见。总跟别人买不但容易赔钱，还学不到实践经验。而且，股票投资具有很强的专业性，真正的专家非常少，投资者没有对股票进行理性的分析判断，盲目从众，结果肯定是亏损不断。

5. 投资分散化

资金不多却同时持有四五个，甚至十几个品种的股票，这样做固然能够起到分散风险的作用，但是，对于大部分的散户来讲，对各种技术指标的分析能力和大盘形势的感知能力都不强，而且，个人精力有限，如果同时关注过多的股票，势必会影响对个股的分析和判断。而且，散户持有的资金本来就不多，同时持有过多的股票，每只股票都买不了多少，即使持有的股票有涨的也赚不到钱。

6.迷信技术分析

有一部分散户是技术派，他们常常研究各种K线图、指标、趋势等，对股票投资的理论掌握得比较好，但是由于股票的涨跌是变幻莫测的、非常复杂的事情，与基本面、投资者的心理、庄家的操作等密切相关，如果仅仅迷信技术分析，常常会掉进庄家精心设置的骗局中，导致投资的失败。

7.死守

遇到了亏损，选择死守也是一部分散户常见的做法，要知道，有的时候死守就是等死。投资股票应该是该买时买，该卖时卖，该解套时就解套出局。当发现自己的买入是错误的，尤其是买在了前期暴涨的牛股顶峰时，要及时斩仓割肉，才能不被深套。而且，如果处于跌势中，持有品质比较差的股票时间越长，风险也就越大。

散户如何操作才能获得利润

股价的走势不是个别因素造成的，是基本面、信息面、多方和空方力量的对比等多种原因综合造成的。散户要想在复杂多变的股票市场中获取利润，必须建立在对股票市场理性、客观、全面判断的基础上。

1.顺势而为

散户要想在股票市场上投资盈利，首先必须尊重市场趋势的运行规律。当整体趋势向上的时候，大部分股票都是上涨的，此时要积极入市；当整体趋势向下的时候，虽然仍然有少数个股在逆势上涨，但大部分个股将是下跌的，因此，最好是远离市场，多看少动。

2.保持良好的心态

作为一个普通的散户，在进行股票投资时，一定要保持良好的心态，将眼光放长远一点，不要贪图暴利，盲目追涨，结果造成不可弥补的损失。当自己选中的个股达到自己设置的盈利目标时，不要贪心不足，要及时落袋为安。

3.操作前要做细心的计划

有些散户在进行投资时，其操作非常轻率，在还不了解某只股票的情况下就贸然买入，这使心态经常会受股价涨跌的影响而焦躁不安，股价稍有异动就会感到害怕。因而，在购买股票之前，要尽可能多地了解所选个股的各种情况，并且要事先想好了要买多少、卖多少、其止损位是多少等，并严格执行计划，才能在投资中降低风险。

4. 量力而为

散户如果能够冷静衡量自己的资金、信息、心理等因素和风险承受能力，然后根据自己的实际情况进行操作，有多大资金投多大资，有多大的承受能力，就去承担多大的风险，这样将会增强自身对风险的防范能力。

5. 设置目标位与止损点

波动性和不可预测性是股票市场存在的基础，也是交易中风险产生的原因，因此，在股票投资中，一定要设置目标位和止损点，散户对股票的趋势把握不准，并且，盈利后不舍得落袋为安，亏损时，不舍得斩仓保本，结果往往是追涨杀跌，亏损连连。

那么，如何合理设置这些目标位与止损点呢？一般来讲，股市新手可以设一个较小的目标位，比如短线赚5%或8%就跑，只要跑得快，照样能够积少成多，获得不菲的利润。而设立止损点一般要结合移动平均线进行设置，超短线炒股以5日移动平均线作为止损点；短线炒股一般以20日或30日移动平均线为止损点；中线炒股一般以60日或120日移动平均线为止损点。

6. 适度跟进庄家

股市中的庄家实力强大，他们通常有资深的专业人士，有灵通准确的信息网络，有大量雄厚的资金量，兼备天时、地利、人和的优势。但他们一般都有进出不灵活的弱点，一旦介入某只个股，往往要蛰伏一段时间，才会进行洗盘、拉升等操作。散户如果熟知庄家的操作手法，并且选择合适的时机介入，则会有不小的获利机会。

7. 要果断取舍

很多散户在进行股票投资的时候，不能抓住买卖的最佳时机，明明遇到了一个不错的买入机会，总是会犹豫徘徊，当最终确认购买时，早已错失良机，到最后又迷迷糊糊地追涨，结果被"套牢"，叫苦不迭。在卖出股票时，也是拖拖拉拉，当断不断，认为股价还有可能会继续上升，直到深度套牢时才悔不当初。因此，散户只有果断取舍，该买就应该马上买入，该卖就应该立刻卖出，才能在股票市场中赚取利润。

8. 要有足够的耐心

做股票必须有足够的耐心。只要经过各方面的分析认定了是好股，不达预定的止盈目标就不要轻易放手。特别是对于有庄家洗盘的股票，要相信自己的判断，不要轻易让庄家在半途给洗下来。如果大盘行情不好，市场上没有明显的赚钱机会，就要坚决空仓。

9. 找到适合自己的炒股方法

投资股票有很多种方法和理论，只有根据自己的实际情况摸索出来的方法才是对自己有用的。例如，坚持按照基本面选股，就不要因为个股出现利好消息，或者是K线图看起来比较漂亮，就改变自己最初的判断。找到适合自己的炒股方法，并长期坚持下去，一定会有丰厚的回报。

股票被套之后怎么办

股票投资者难免会碰到被套的情况，尤其是新入市的散户更是如此。一旦所买的股票被套牢，投资者不仅会在资金上受到不小的损失，心理上也是备受折磨，不知究竟该怎么办。下面笔者根据多年的经验提出几点建议。

1. 要理性对待

股票被套之后，投资者首先要保持清醒的头脑，看清市场的大趋势，如果仅仅是短暂性的调整，并且自己所持有的股票确实是各方面都不错的，就要耐心等待行情的好转。如果投资者没有充分研究，只是听信了媒体、朋友介绍而盲目介入造成的被套结果，则要冷静分析，如果认为该股已无持有必要，就应该果断了结。

2. 分析大盘和个股所处的阶段

股市中大的入市和出市时机十分重要，顺势而为永远是成功的前提。投资者被套之后，应分析一下大盘和个股所处的阶段，对应采取不同的策略。如果在个股处于低位或上升阶段的时候买入，对于短暂的回调要理性对待，不要轻易被洗出来；如果在高位买入的个股，如果确认了下降趋势，则要快速离场。

3. 分析股票的基本面

如果是根据上市公司的基本面情况，从投资价值角度选的品质良好的绩优股，在整体投资环境还没有恶化的情况下，不要惊惶失措，而应该持有股票，以不变应万变，静待回升解套之时。如果发现持有的明显是弱势股，基本面也已经变坏，且仍有下跌空间，短时内很难翻身，则应立即脱手。

4.向下摊平成本

向下摊平成本就是当股价下跌幅度加大的时候，投资者不仅不卖出反而加码买进，从而使购买该股的成本降低，等待股价回升获利。采用这种方法，必须以确认投资环境尚未变坏、股市并未从多头市场转入空头市场为前提，如果盲目地向下摊平成本，将会导致损失越来越大。

如何识别空头陷阱

空头陷阱就是市场主力通过欺骗性操作，使盘面明显呈现出一种疲弱的形态，从而诱使投资者进行恐慌性抛售。对于空头陷阱的识别，主要可以从消息面、宏观基本面、技术分析和成交量等方面进行综合分析和研判。

1.消息面

庄家在做空之前，总是会利用他们在宣传方面的优势，在各种媒体上发放一些不好的消息，营造出一种市场疲软的氛围。所以，当投资者发现市场上利空信息很多的时候，反而要提高警惕。

2.从宏观基本面

分析判断影响大盘走强的政策面因素和宏观基本面因素是否真正存在，如果在股市政策方面没有特别的实质性利空因素，而股价却持续性暴跌，很有可能是主力在制造空头陷阱。

3.技术形态

在技术形态上，主力往往会故意制造技术形态的破位，例如连续拉出几根长阴线，跌破强支撑位，或者出现大的向下跳空缺口，使投资者以为后市将有大幅下跌，从而抛出手中的持股。因此，当发现这些典型的技术形态时，投资者要保持理性，先进行全面的分析，然后再进行具体的操作。

4.成交量

主力在制造空头陷阱的时候，伴随着股价的下跌，成交量总是处于不规则的萎缩中，甚至，盘面上会出现无量空跌或无量暴跌的现象，给投资者一种股价仍将无休止的下跌的假象。此时，投资者要通过其他指标和信号来分析判断，不要被假象所蒙蔽，错失了盈利的机会。

如何防范网上交易风险

随着网络的普及，现在大部分的股票投资者都是在网上进行交易的。但是，

网上交易存在着账户被窃取、股票被盗卖等风险。那么，如何防范网上交易风险呢？下面简单提出几点建议。

1. 认真阅读网上交易手册

投资者在营业部开户的时候，要详细阅读网上交易手册，了解清楚相关的问题，只有这样才能在出现问题的时候知道如何有效地保护自己的合法权利。

2. 精心保管好"三证"

一定要保管好身份证、股东卡、资金卡和资金存取单据，最好不要将这些证件放在一起，如果遗失了相关的证件，要及时到开户的营业部办理挂失手续。同时要经常查询股票和资金余额，以便及时发现问题。

3. 使用正版交易软件

要在证券公司的官方网站上下载炒股软件客户端，一些不正规网站上提供的炒股软件可能会带有病毒。因此，用户在使用炒股软件时一定要从国泰君安、中信证券等的官方网站下载。

4. 注意交易密码的设置和保密

证券网上交易系统的进入需要以客户账号和交易密码作为识别，不要将股票账户和银证通账户的密码储存在电脑上，尽量不要使用生日、电话号码、门牌号等简单的密码，否则很容易被黑客破解。同时要注意交易密码的保密，切忌在公共场合念个人资料，也不要当着他人的面输入密码。使用电话和自助委托系统时要注意在委托完成之后，将前面输入的密码和数据消除掉。

5. 最好不要在公用电脑上交易

对于在网上交易的用户，最好不要在办公室、网吧等公用电脑上交易。如果必须在上面进行交易，在输入密码后，一定不要在弹出的提示框中选择保存密码，如果选择保存，电脑就会自动生成一个后缀为PWL的文件，里面将会包含你的密码。另外，用户在使用完交易系统后，一定要注意及时退出，如果忘记退出软件，则任何一个使用该电脑的人都可能操作账户，从而造成不必要的损失。

6. 在电脑上安装杀毒软件

要在电脑上安装杀毒软件，并定期进行软件升级和杀毒操作，并且在上网进行交易的时侯，养成打开杀毒软件的实时监控和个人防火墙的习惯，可以有效地防范网上交易的风险。例如，使用瑞星个人防火墙的"密码保护"功能，就能够有效地保护网上银行、证券软件的交易密码。

跑赢大盘的王者

内容简介：

　　本书是"跑赢大盘的王者"系列的第一本。全书共分为5章，第1章讲述了王者从10年前的一个穷苦大学生成长为跑赢大盘的王者的传奇经历，以及取得的骄人成绩，这是王者的无数粉丝都感兴趣的话题，更重要的是，它能给刚入市的散户树立信心，指明方向；第2章介绍了王者10年来叱咤股海的不败法则，是所有炒股者都必须掌握的基础知识；第3章是王者在实践中独创的跑赢大盘的"王者5-20"法则，久经实践检验，深受散户推崇；第4章和第5章全面介绍并分析了大量猎杀黑马的技巧，实例分析和理论总结完美结合，可操作性极强。

作者：王宁 著
ISBN：978-7-111-30408-1
定价：39.00

作者：王宁 著
ISBN：978-7-111-35182-5
定价：39.00

内容简介：

　　本书是"跑赢大盘的王者"系列的第2本。全书共分为6章，第1章讲述了王粉与作者的交流，并分享了作者的经典股评文章；第2章讲述了斐波那契数列与黄金分割、上升趋势线与下降趋势线在实战中的应用等经典技术；第3章讲解了MACD绿柱拐点抄底法、MACD绿柱拐点逃顶法、日KDJ常规操盘法、KDJ超限战擒大牛等突破传统观念的革新技术分析方法；第4章讲解了新股首停、过顶擒龙和见底K线擒破发等3种经典炒股新技术；第5章讲解了猎杀涨停板的相关经典技术；第6章讲解了"火焰山"技术。

　　本书可使略有炒股经验的散户及有一定基础的投资者快速提高炒股技能，在股市中获得丰厚的收益。

华章书院俱乐部反馈卡

写书评 赢大奖

身为读者，你是不是常感到不写不快？
无论是感同身受、热烈倾吐，还是淋漓痛批、指点文章，
我们真诚地邀请您，将您的阅读心得与我们共享。
您的心得，将有机会出现在我们的图书、主流媒体、各大网站上。
同时，您还有机会挑选一本自己喜爱的华章经管好书！

书评发至：hzjg@hzbook.com

欢迎登陆www.hzbook.com了解更多信息，
本网站会每月公布获奖信息。

华章经管博客已开通，欢迎留下宝贵意见与建议 http://blog.sina.com.cn/hzbook

◎ 反馈方式 ◎

网络登记：
登陆 www.hzbook.com，在网站上进行反馈卡登记。

传　真：
将此表填好后，传真到 010-68311602

邮　寄：
将填好的表邮寄到：100037 北京市西城区百万庄南街1号309室　　闫　南　收

 个人资料（请用正楷完整填写，并附上名片）

姓名：_____ 性别：□男 □女 年龄：___ 联系电话：_____ 手机：_____

E-mail：_____ 邮政编码：_____ 传真：_____

通讯地址：_____ 就职单位及部门：_____

职　务：□董事长/董事　□总裁/总经理　□副总裁/副总经理　□高级秘书/高级助理
　　　　□职员　□政府官员　□专业人员/工程人员　□其他（请注明）_____

学　历：□高中　□大专　□本科　□研究生　□研究生以上

所购书籍书名：_____